疵《きず》痕《あと》とラベンダー

太田紫織

潮文庫

CONTENTS

装幀：坂野公一（welle design）
装画：hiko

CHARACTERS

早川昴《はやかわすばる》
――高校二年生。実母を亡くし、さらに父が再婚相手と離婚したことを機に、父の故郷の札幌に引っ越してきた。気立てがよく、家族想い。

矢作宵深《やはぎよみ》
――高校二年生。昴の札幌での幼なじみで矢作姉妹の双子の姉。ミステリアスで、いつも無口で無表情な少女。昴が密かに想いを寄せる。

宮川ひな《みやかわ》
――高校二年生。昴と宵深のクラスメイト。明るく面倒見の良い学級委員長。宵深とは中二の頃からずっと同じクラス。

芽生花《めいか》
――昴の実母の一番下の妹で、今も亡き祖父母の家に住んでいる叔母。一時的に昴の保護者になる。

矢作茜音《あかね》
――矢作姉妹の双子の妹。無邪気で明るく笑顔の愛らしい少女。数年前、事故か自殺かはっきりしない状況で亡くなったという。

第1話

宵　深

1

生まれて初めて学校をさぼった。

逃亡先は駅前のしゃぶしゃぶの食べ放題。一番安い豚バラプラン。

入店を断られるかもしれないとドキドキした平日ランチは、午後四時まで居放題。

ストレス解消に暴飲暴食をすると、認知能力が低下する……なんてニュースをスマホでチラ見しながらの暴食だ。

だってそれなら、いっそ何もかもわからなくなってしまえばいいんだ。

やり場のない感情を持て余しながら、俺は肉の皿を一枚一枚重ねた。

何度あくを掬《すく》っても、俺の心は透明にはならない。


円満だと思っていた両親の離婚を聞かされたのは夕べのことだ。

役所帰りの二人は既に離婚が済んでいて、俺には事前になんの相談もなかった。

見ていた動画サイトから聞こえた無神経な笑い声が、今もまだ耳に残っている。

いいや、もしかしたら笑っていたのは俺だったのかもしれない。

自分でも何を言ったかは、よく覚えていなかった。そのくらい動揺していたから。

円満離婚だそうだ。だけど離婚しないという選択肢も0《ゼロ》らしい。

そして俺と父さんは、父さんの故郷である札幌《さっぽろ》に引っ越しをするそうだ。

ずっと希望を出していた札幌への栄転が決まったって。とはいえ父さんが実際札幌で働くのは来春で、俺は進路のことを考慮して、それまでのあいだ札幌に住む叔母《おば》の家で暮らさせて貰う。

札幌が嫌いでも、叔母のことが嫌なわけでもない。むしろどちらも好きだ。子供の頃連休の度に遊びに行った、祖父母の家もみんな好きだ。

だけどそれを言うなら、俺は母さんのことも、妹のことも、この家のことも大好きだ。

でも母さんには、今は別に『好き』な人がいるらしい。

妻を病気で喪《うしな》った二十八歳の夫と子、そして新生児をかかえて夫を失った十八歳の妻。

二つの家族は、足りない部分を補うように一つの家族になったけれど、父さんと母さんは結局最後まで『夫婦』ではなかったのだろう。

俺ももう自分のことは一通りできる。だから父さんは、まだ若い母さんが、もう一度幸せを選べるようにした。彼女を大切に想うから。

好きだから。好きでも。好きだからって――ああ、好きという気持ちだけでは、どうにもできないことがある。

生まれ育った町や親友、幼い頃から可愛がって世話をしてきた年の離れた妹、亡くなった実母に代わり、血の繋がらない自分を大事に育ててくれた母——すべてから離れて、遠い場所で生活することになる寂しさ、悲しさは、この『好き』という気持ちだけでなかったことにはできなかった。

だからといって、従わないという選択肢があるわけじゃない。

俺はまだ親の庇護《ひご》なしには生きられない。

やけ食いのしゃぶしゃぶ。焼きたてのワッフルとソフトクリーム。

炭酸と一緒に言いたい言葉を無理矢理全部飲み込んで、結局家に帰った。

妹や友人と過ごす時間は、もう残り少ないって気が付いたからだ。

あと三日で夏休みに入る。

休みの間に引っ越しやら何やらを済ませて、俺は新学期を札幌で迎えなきゃならない。


そうして嬉しくも楽しくもないのに、時間は気が付けばあっという間に過ぎた。

やがてからっぽになった部屋を見て、俺の気持ちに諦《あきら》めも付いた。ただ考えないようにしているだけかもしれないけれど。

それでも札幌まで付き添ってくれるという父さんに、一人で大丈夫だと強がれる程度には冷静だった。

それ以上に二人きりで札幌まで行くなんて、気まずくて嫌だっただけかもしれないが。

セントレア空港から新千歳《しんちとせ》空港、そして札幌の懐かしい家まで約四時間。

空港を出るたび、いつも爽《さわ》やかな北海道の空に圧倒される。

胚《はい》細胞に染みこむ、空気の純度が違う気がする。

そして札幌市は、『北海道』という単語から想像される牧歌的なイメージに反して栄えた街だ。

大阪みたいに背の高いビルはないけれど、『都会』の範囲はシンプルに広い。

これから俺が春まで住む新琴似《しんことに》は、そんな札幌市でも比較的新しい街だ。祖父母が家を建てた頃は、まだ道の先もできてなかったって聞いた。

その分新しい街並みは綺麗に整備されているし、交通の便も良く、同時に自然も多く残されている。

これから住むのが嬉しくないと言えば嘘になる、大好きな街だ。


「すーばる！」


ＪＲ新琴似駅で降りた俺に気が付いて、俺とほとんど変わらない身長、すらっと長い手足の女性がこっちに向かって手を振った。

久しぶりに会う叔母は相変わらず年齢不詳で、本人の希望だけでなく『叔母さん』と呼ぶより『芽生花《めいか》ちゃん』と呼ぶのがしっくりくる。

死んだ母さんの祖父母の家は今、芽生花ちゃんが住んでいる。

会うのは一年以上ぶりだけど、春まで俺の保護者になってくれる人だ。そして淡い記憶の中の、亡き母に面影の似ている人——。

「身長、随分伸びたわね」

そう笑った芽生花ちゃんは、多分身長１７０ｃｍくらいだ。

「ちょっとだけ追い越した」

「ほんとだ。今１７５くらい？　６あるかな？」

「春は１７４ｃｍだったけど、もう少し伸びてるかも」

「ほんのちょっと前はこんな小さかったのに、あっという間だわ」

「何年前の話だよ」

なんだかくすぐったいような話をしながら、彼女が膝丈《ひざたけ》辺りを示したので、俺は苦笑いした。

「でもそんな体感なのよ。甥《おい》っ子姪《めい》っ子や、友人の子供に会う度に、時間の流れを感じるわ」

「そういうもん？」

まぁ俺も、時間の流れはあっという間なんだなって、思わないと言えば嘘になるけれど。

芽生花ちゃんのミントグリーンの車に乗り込んで、しばらく流れる車窓の景色を眺めた。

小さい頃は休みの度に遊びに来た祖父母の家。

懐かしい街並みは嬉しさよりも、微《かす》かに苦く感じた。

「この辺来るのも久しぶり？　結構変わったでしょ」

「うん、まあ……じいちゃんとばあちゃんの葬式の時にちょろっと見たけど、あの時はバタバタしてたから」

それに確かに変わっているとは思うけれど、子供の頃はあまり駅前の方には来ていなかったので、ここがどう……とか具体的に何が変わったかまではわからなかった。

だけど確かになんというか……輪郭《りんかく》のようなものが、漠然《ばくぜん》と変わってしまったような気がする。

それに、変わっていて欲しいものもある。

「……隣《となり》は？」

「隣？」

芽生花ちゃんは一瞬不思議そうに瞬《まばた》きをしたものの「ああ、うちの？」とすぐに理解した。

「うん」

「矢作《やはぎ》さんね。お隣は……今は静かよ。矢作さんの家もお母さんが出て行ってしまって、今はお父さんと宵深《よみ》ちゃんだけで暮らしてるはず。ご近所付き合いはほとんどされてないから、私もよくはわからないけれど」

「…………」

話をしているうちに、懐《なつ》かしい祖父母の家と、そして隣家――お祖母ちゃんの家よりも大きくて、無機質に四角い白い家が視界に飛び込んできた。

「昴《すばる》、お隣さんと、昔はよく遊んでたんだっけ」

「まぁ、昔はね」

俺は曖昧《あいまい》に答えた。

「気になるなら声をかけてみたらいいし、そうじゃないなら無理にお付き合いすることはないんじゃない？　お父さんがこっちに戻ってくるまでのことでしょ」

「ん」

確かに無理に声を掛ける必要なんてない。

彼女達――いや、彼女にはもう何年も会ってないし、俺がここで暮らすのも半年ちょっとだ。

そうだ、あとほんの少し――。

「昴？」

「ラベンダー……」

思いかけて、車から降りた俺の足が家の前で止まった。

どこからともなく――いや、他でもなく隣家から漂う爽やかな花の香り。

ラベンダーの香りが鼻腔《びこう》を満たした瞬間、思い出や懐かしい痛み、顔を背《そむ》けていた様々な感情が、途端に俺の中で破裂しそうになった。

「ああ、お隣のお庭、確かにラベンダーを植えていたはずだわ。時々すごく良い香りがするのよね……」

――ふらのにいった時ママが買ってきたの。お庭にいっぱい植えるんだって！　きっとちょうちょがいっぱい来るようになるよね。なのによみはふとっちょのハチがいっぱい来るっていうんだよ！

「俺の部屋は……いつも使ってた、母さんの部屋？」

「その予定だけど、嫌だった？」

「いや、そういうわけじゃ……」

だったら今も窓を開けたなら、俺の部屋もこのラベンダーの香りがするのだろうか。

――わたしたちとすばるのおへやの間にも植えてくれたの。お話ししてるといい匂いがするようにって！

香りは記憶に直結しているという。鮮やかな香りを嗅《か》いだ途端、俺の脳裏に懐かしい弾むような声が蘇《よみがえ》った。

いつだって笑ってるように弾む、楽しそうな少女の声——ああ、頭がくらくらする。

俺はずっとばあちゃん家に来るのが大好きだった。

近くに大きなグリーン公園や牧場が、美味しいソフトクリーム屋があるだけでなく、隣の家に大好きな『友達』が住んでいたからだ。

でも、それも過去形だ。

二人のことを思い出したくはない。矢作家の双子のこと。

今はもう一人しか居ないという、彼女達のことは。

なのにラベンダーの香りが、俺にまとわりついて離れない——俺の後悔と罪悪感に。

「……まずはお家、入ろ。疲れてるでしょ？」

気が付けば口元を押さえて立ち尽くしていた俺に、芽生花ちゃんが声を掛けてきた。

「うん……」

でもそうだ。後悔は結局意味がない。悔いても過去は変えられないんだ。

叶うなら住むのは別のところが良かったけれど、思い通りにならないことはこれだけじゃなくて、俺はどこかしら『今』を諦めている節があった。

見ないふり、考えないようにしてやり過ごすしかない。

悩むのはもう疲れた。

結局なんだって、なるようになるしかないからと腹をくくり、俺はラベンダーの匂いから逃げるように家に入った。

2

余計なことを考えないようにするには、忙しくするに限る。とにかく今はまず引っ越しの方だ。

先に届いているはずの俺の荷物を解いて、芽生花ちゃんの仕事が休みである今日のうちに、足りない物をあれこれ買い足しに連れて行ってもらう予定だったのだが……。


「汚っ！　なんだこれ！」


懐かしいばあちゃんの家に一歩踏み込んだ瞬間、感傷が一気に吹き飛んだ。

「だから私……そんなに家事得意じゃないってあれほど……」

芽生花ちゃんがぼそぼそと拗《す》ねたように言った。玄関の向こうは混沌だった。

「そうだけど、こんなんゴミ屋敷寸前だろ！　なんだよこの通販サイトの箱の山！」

「え……そこまで言う？　ちょっと……たまたま今はちょっと物が多いだけだし……」

祖父母が存命だった頃は、すっきり片付いて絵や花なんかが飾ってあった玄関前の廊下に、スーパーのビニール袋やいくつもの段ボールや物が積み上がっていた。

靴箱の上も、どうでもよさそうなＤＭだけでなく、ネットスーパーの注文明細や、フードデリバリーのレシートが乱雑に重ねられている。

「最近セールがあったから、つい……」

「つい、じゃないだろ⁉　この辺なんか開けてもいないじゃん！」

「あー……」

そっと芽生花ちゃんが視線をそらせた。

段ボールは昨日今日積まれた物だけではない証に、段ボール同士の隙間や、床の隅には大量の埃《ほこり》がたまっている。

「埃！　掃除機は⁉」

「去年掃除機壊れたままで……あ、ロボット掃除機はあるんだけど」

「使えよ！」

「でも結局ためたゴミを捨てなきゃいけないのが面倒で……」

「そんなん数日おきの話だろ⁉」

「だってうちが古いから、埃もすぐたまるんだもん……」

だったら余計掃除しなきゃ駄目じゃないだろうが。だけど俺はそれ以上の言葉を飲み込み、まずは掃除をすることにした。でなければ、声を上げる度に埃が口の中に入りそうだからだ。

幸い、ばあちゃんが使っていた箒《ほうき》とちりとりは健在だったので、ひとまず頼もしいローテクで掃除をはじめる。

段ボールも勝手に開けていいというし、俺が粛々《しゅくしゅく》と廊下に本来の平穏を取り戻している間に、芽生花ちゃんは近くのスーパーにフローリングワイパーとゴミ袋を買いに走ってくれた。

祖父母の使っていた古い掃除機が、家のどこかに埋もれているはず……という話だったからだ。

その間にロボット掃除機の充電もしておく。

まったく、ここで暮らすのが俺だけで良かった。ハウスダストアレルギーもちの妹・星璃《ひかり》も一緒だったら大変なことになっていただろう。

結局掃除に明け暮れて、気が付けば午後七時になっていた。

地元出版社で働く芽生花ちゃんらしく、段ボールの中身は案外本も多く、ついついパラパラ開いてしまって、俺もちょこちょこ中断してしまったというのもあるけれど、玄関の廊下がそんな調子なんだから、他の部屋が綺麗なはずもなかったのだ。

ゴミ屋敷とまでは言わない。実際ゴミが放置されているわけではなかった。

床が見えないほどに、物で散らかっているという程でもない。

とはいえ、目に付く物すべてがあるべき場所に収まっていなくて、うっすら埃にまみれている。

古い家だから、単純に収納が少ないんだろう。

結局明日にでも本棚やパイプラックなんかを買い足すことにして、ソファカバーなんかを片っ端から洗濯機に放り込んだ。

天気予報では明日は晴れのようだから、カーテンは明日の昼に洗おう。

そうテキパキと手を動かし、家の中がみるみる片付いていくのを前に、さすがに罪悪感を覚えたらしい芽生花ちゃんが、晩ご飯は地元の人気回転寿司店から、お寿司をテイクアウトしてくれた。

昔はよくこんな風に、じいちゃんがお寿司を用意してくれたものだったけれど、当時は回転寿司ではなくて、そのお寿司屋さんも今は閉店してしまったらしい。

祖父母のいなくなった家で、芽生花ちゃんと二人でお寿司を食べるのは不思議な気分だ。色々な物が変わっているのに、時間が止まっているような、そんな気がする。

それでもあの頃はサビ抜きでしか食べられなかったし、食べられるネタはとびっこと甘エビとサーモンだけだったけれど、今では光り物だって平気だ。

「お疲れ様です……」と、芽生花ちゃんがそっと差し出してくれた生うにの軍艦も、とろけるような美味しさだった。

とはいえこれからお世話になるのは俺の方で、残りのうに一貫は彼女に返却し、子供の頃から大好きだったサーモンを頬張りながら、TVで芸能人が俳句の腕を競うバラエティを見た。

じいちゃんは俳句が趣味だった……なんて話しながら、ちょっとだけ端っこの欠けた、ばあちゃん愛用の湯飲みで飲む粉ほうじ茶。

寂しさと恋しさを一緒に飲み込んだ夕飯になったけれど、きっと今に慣れるだろう。

「姉さんの部屋はね、綺麗なままだよ」

夕食後、そう言って通された俺の部屋は、確かにがらんとして綺麗だった。

先に届いていた荷物をすべて解くのはもう疲れていたので、最低限部屋を整えた。

自分の部屋で使っていた青いカーテンを窓に掛けていく。

向かい合う隣家の窓、淡い紫色のカーテンが引かれているのが自然と目に入って、俺はぎゅっと胸が痛くなった。

カーテンの隙間から漏れる灯《あか》りは、確かにその部屋に誰かがいることを物語っていた。

昔は二人の部屋だったはずだけれど、今あの部屋を使っているのは一人だろう――。

「…………」

俺は慌ててカーテンで窓の向こうの景色を視界から遮《さえぎ》った。

怖かったのだ。

見るのも、見られることも。

長い移動の後、すぐ大掃除という一日に疲れてしまって、お風呂の後ベッドに転がってソシャゲのデイリーを消化しているうちに、気が付いたら眠りに落ちていた。

今まで過去を夢に見るなんてことはなかったのに、その日は何故か夢の中で五歳の頃に戻っていて、自分がばあちゃんの家の近くの、大きなグリーン公園にいるのだとわかった。

テニスコートなんかもある広い公園だ。

小さな頃、こっちに来ている時は毎日遊びに行った場所。その名前通り大きな緑の木々に囲まれたここが大好きだった。

夢の中であるせいか、懐かしい風景は白と黒と灰色だけの世界。

温《ぬる》い水の中を泳ぐような、浮遊感と重力の中で公園を駆けていると、急に風が冷たくなって、すぐに雨が降り出した。

それはすぐに大粒になったかと思うと、空が光り、雷鳴が轟《とどろ》いた。

驚く俺の左手に、誰かがそっと手を伸ばしてくる。

握り返した指の感触。小さな手の温度。

俺は覚えていた。この手が誰の手なのか、そしてこれがいつの思い出なのか——だから、怖くて振り返ることができなかった。

ただ俺の影に重なるように、雨空の下で黒い影がしがみついてきた。

「宵深……？」

「起きて、昴。茜音《あかね》が待ってる」

その囁《ささや》くような声に驚いて、ベッドから飛び起きた。

途端、カーテン越しに雷が光り、ゴロゴロと空が音を立てて鳴いた。強い雨が降っている。

雷雨は夢ではなかったようで、俺はそっとカーテンの隙間から向かいの窓を覗《のぞ》こうとし……結局やめて、ベッドの中に潜り込んだ。

自分を意気地なしだと思いながら聞く雨音は、規則正しくてどこか優しい。

二度目の夢は見なかった。

3

札幌に来て三日間。結局俺は家の掃除と模様替えに明け暮れた。

5LDKの広さなのに、結局使われていたのは水回りとリビング、そして芽生花ちゃんの部屋だけで、他の部屋は祖父母や実母の遺品、叔父叔母の荷物がしまいこまれたままだったのだ。

ちょうど良い機会だからと呼べる親類を呼び、一気に荷物を整理し、わいわいがやがやと過ごしたのがこの週末で、その間は嫌なことは全部忘れていた。

あんな夢を見た後だったとしても。

時々漂うラベンダーの香りに、急に記憶を引き戻されることもあったけれど。

だけど芽生花ちゃんの言うとおり、隣の矢作家はいつも静かだ。

叔父さんの話では、大学教授だという隣のご主人は、ほとんど家にいることがないらしい。

確かに俺も双子のお母さんと話したことはあっても、お父さんの顔を見たことはなかった。

俺はざわついた気持ちに反し、このまま隣とはなんの付き合いもないまま、春を迎えられるかもしれないと思い始めていた。

それが本当に正しいことなのかは、わからないけれど。


そんな気持ちのまま慌ただしい週が明けて、新しい高校生活が始まった。

登校初日ということもあって、高校までは芽生花ちゃんが車で送って付き添ってくれることになったが、なんでか彼女の方が俺より緊張している表情だ。

「転校ってドキドキするわ。大丈夫？」

「うん、まぁ、多分」

「なんかあったらすぐに言うのよ？　春までは私、ちゃんと昴の保護者だから」

フンフンと鼻息も荒く、息巻いたように言う芽生花ちゃんに思わず笑みが洩《も》れた。

「俺、社交性はある方だから大丈夫」

「まぁ、確かに昴は、年齢の割にしっかりしてる気がするけど……」

「今までそれなりに、色々あったから」

実母が亡くなった後、父の道外転勤、まだ十代のシングルマザーだった母との再婚——父も若い新しい母親も、わりと自分の事でいっぱいいっぱいで、家事だとか学校のことだとか、俺はなんだかんだ自分で乗り越えてこなければならなかった。

「まったく、ほんと昴はできたお子さんだねぇ」

「そんなんじゃないよ。ただ、俺がぐだぐだしてたら、『母さん』が悪く言われるし、周りが心配するからだよ」

だってみんな何かあると、すぐ実母が若く死んでしまったこと、そして新しい母さんが若いことのせいにしたがる。

俺はただ、それがとにかく嫌だっただけなのだ。

「まったく不甲斐《ふがい》ない大人ばっかりで……」

「はー」と大げさに芽生花ちゃんは溜息をついてみせた。

「……私は一番下の末っ子で、お姉ちゃんとは十四歳も離れてたし、それに問題児で元気すぎたから、お姉ちゃんも随分世話をしてくれたし、もう一人のお母さんって感じだったのよ」

ばあちゃんはどっちかっていうとおっとりと、優しい人だった。そりゃあきっと、芽生花ちゃんには手を焼いただろう。俺は、ふっと笑った。

「なのにさ……私もなんにも返せないまま逝《い》っちゃったからさ。せめてお姉ちゃんがくれた愛情を、代わりに昴に返していこうって思ってるのよ。だから私の前では、無理にしっかりしなくていいよ」

芽生花ちゃんは珍しく真剣な顔でハンドルを握って、前を向いたまま言った。

「そういうのは、ちゃんと自分で掃除できるようになってから言ってよ」

普段と違って、運転中で眼鏡を掛けているせいかもしれないけれど、それはまったく冗談のような軽い口調じゃなかったから、逆に俺は戸惑って、思わず茶化してしまった。

「掃除はほら……いざとなったらお金で解決できるから……とにかく、何かあったらすぐ言うのよ」

「わかってるよ」

そんな風に心配して貰えるのはこそばゆいが、嬉しい。でも俺は正直学校のことなんて気にしていなかった。

それ以上に隣のことの方が、俺の中では大問題だったからだ。

勿論《もちろん》学校がどうでもいいって言うわけではなくて、俺はそれなりの緊張と共に、新しい教室に入った。

担任の先生はまだ若く、ちょっと頼りない感じのある可愛い女性教師で、「私がちょっと頼りないせいか、その分生徒達がしっかりしてくれていて、みんな仲が良いんです」と言っていた通り、確かにクラスの雰囲気は悪くなかった。

勿論パっと見、合わないだろうな……って感じの生徒もそりゃ何人かはいたけれど、一応は進学校ということもあって、見るからに素行が悪そうで、絡んでくるような奴もいない。

とはいえ積極的に声をかけてくる感じでもなくて、違う温度の部屋に入っていくようなむずがゆさを感じながら自分の席に着いた。

「よろしく！」

そんな中、手を振って最初に声を掛けてきたのは、隣の席の女子だった。

「隣の宮川《みやかわ》さんが学級委員だから、何か困ったら聞いてね」

担任の芦田《あしだ》先生が言う。

「宮川ひなだよ。嫌じゃなかったら、今日一日は一緒に行動しよ。そっちの方が聞く方も答える方も楽だから」

両サイドで低く結んだツインテールに、文豪風の丸眼鏡。ツルツルの卵みたいにむき出しのおでこが賢そうな『宮川ひな』が、にーっと笑って言った。えくぼがある。

「助かる。よろしく」

確かに実際困った時に、わざわざ彼女を捜《さが》して聞くのは大変そうだ。

「早川と宮川だから、紛らわしいし昴君て呼んでいい？」

「好きに呼んでくれていいけど……」

別に自分を名字では呼ばないだろうし、紛らわしいことなんてないだろう……と、内心思ったけれど、断るほどの理由もないので頷く。

「名古屋に住んでたんだって？　やっぱり『みゃー』って言う？」

　ＨＲの邪魔にならないように、そっと声を潜《ひそ》ませて宮川が問うた。

「実際に住んでいたのは隣の三重で、生まれたのは札幌。『みゃー』は言わないけど『やんやん』は言う」

「やんやん……？」

「『あり得ないんじゃない？』を『ありえやんやん』とか、『できないんじゃない？』を『できやんやん』とか。奈良とか和歌山の人も言うけど」

「やんやん……！」

　なにそれ可愛い！　と、身をよじって喜ぶ宮川こそが、シンプルに可愛いかった。

　絶対モテるだろ……これは親しくなりすぎないように気をつけなければと思った。転校早々変な恨《うら》みを買うのは面倒だし。

　つい心配になって教室をぐるっと見渡すと、なんとなく空席が目立った。

「今日、なんかある日？　いっつもこんな風に休む人多いとか？」

「今日はＪＲ通学の人達が遅れてるの。踏切のトラブルだって。学園都市線って単線だし、よく遅れたり、止まったりするよ」

「へえ……」

　俺も実際に明日からはＪＲ通学だ。気をつけるようにしよう……なんて思いながらＨ

Ｒに耳を傾けていると、一限目が始まる直前で、数人の生徒が教室に入ってきた。

どうやら遅れていたＪＲ通学の生徒達らしい。

授業に間に合って良かったやん……なんて思いながら、めいめいの席に着く彼らを眺めて——そして、最後に教室に入ってきた女子を見て、俺は心臓が止まりそうになった。

「宵深……」

「え？」

思わず呟《つぶや》いた俺を見て、宮川が不思議そうに瞬きをした。

「昴君、宵深のこと知ってるの？」

「…………」

悪いことはできない。神様はそれを許さないってことなんだろうか？

「知ってる。ばあちゃんの家が隣なんだ。昔は双子とよく遊んで——」

答えた声が掠《かす》れた。

宵深が俺を見たからだ。

昔と変わってない、あの夜空を映したような瞳で。

4

死んだばあちゃんが『お人形さんみたいね』と言ったとおり、矢作家の双子の姉妹は特別だった。

端整な顔の造作だけに限った話じゃなくて、なんというか——そうだ、浮世離れしていると言えば良いんだろうか？　俺の知る他のどの女の子達とも違った、不思議な雰囲気のある二人だった。

その理由の一つは、彼女達がうり二つだったからだと思う。

他にも双子だという人に会ったことはあるけれど、二卵性でまったく似ていなかったり、一卵性でも身長が少し違ったり、よく見ればちゃんと違う二人なのに、矢作家の双子は親でも区別が付かないときがあるという程、何もかもそっくり似ていたのだ。

二人は同じ顔、同じ仕草でいつでも一緒に居て、まるで鏡のようだった。

ただ性格はまったく違った。

明るく好奇心旺盛《おうせい》で活発な性格の茜音と、いつも茜音に寄り添う物静かな宵深。

そして俺は——宵深が大好きだった。

だからだろうか、他の誰にも見分けられない双子を、俺は必ず見分けられた。俺はいつだって茜音と宵深を間違わなかった。

そんな俺のことを、双子も好きでいてくれたんだと思う。

だから新琴似に遊びに来た時は、必ず双子と過ごした。いつからかここに来る俺の目的は二人に——中でも宵深に——会うことだった。

宵深はほとんどしゃべらない。話をするのは必ず茜音の役割で、茜音は宵深の代わりに宵深の気持ちまで代弁した。

だけど宵深のことが好きだった俺は、宵深自身の声が聞きたかった。

別に茜音が嫌いだったわけじゃない。茜音を疎《うと》ましく思っていたわけでもない。

ただその日、俺は宵深の声が聞きたかった。茜音の軽やかに弾む声ではなく、宵深が時折聞かせてくれる、少しだけトーンの低い柔《やわ》い声を。

それはちょうど母さんが入院した時で、周りが俺のことまで心配しないように、元気なフリをしていたけれど、不安だったし、気落ちしていたんだと思う。

だからせめて、綺麗で優しい物が欲しかった。特別な物を。心を慰《なぐさ》めてくれる何かを。

俺にとってはそれが『宵深』だった。


雨が降りそうな空だった。

大人達からは、危ないから遊具の方で遊びなさいと言われていたけれど、その頃俺達は木登りに夢中で、もっぱら公園駐車場近くの小さな雑木林——俺達は『森』と呼んでいた——で遊んでいたのだった。

元気な茜音は、すいすい木の高いところまで登っている。

そんな彼女を見上げ、ふと灰色の空が目に入った俺は「雨がふりそうだから、傘をとってくる」と声を掛け、木を下りた。

誓って言うが、俺は本当に、茜音に意地悪をしたいわけではなかった。

彼女を傷つけたり、苦しめたりしたい気持ちは微塵《みじん》もなかったのだ。

だけど俺は宵深の声が聞きたくて、ちょうど木から下りていた宵深だけを「一緒にいこう」と誘った。

ラッキーだって思った。

だって茜音がいると、宵深は話をしてくれないから。


『まって！　おいていかないで！』


茜音はそう叫んだけれど、俺はすぐ戻るから待っていてと、そう声をかけ、走り出した。

しっかりと宵深の手を引いて。

宵深は少しだけ戸惑《とまど》っていたけれど、それでも俺の手をぎゅっと握って、一緒に走ってくれた。俺はそれが本当に嬉しくて、泣きそうな茜音の声を聞かなかったフリをした
——可哀想だとは思ったのに。

それでも俺はどうしようもなく、宵深のことが好きだったのだ。

だから——ちょっとだけでいい。ほんの少しの間の時間だけでいい。

宵深と二人きり、傘をとりにばあちゃんの家と双子の家に行き、傘を持った。

「空がまっくろになってきたね」

そう話しかけた俺に頷いて、宵深は俺の手をきゅっと強く握り直した。

「……かみなり、ならない？」

不安げな呟き。

それは確かに宵深の声だった。

「なるかな？　でもかみなり、ピカっと光ってかっこいいよ」

「いやだ。わたし、かみなりきらい」

首をいやいやと振って、宵深が絞り出すような、怯《おび》えた声で言う。

「だいじょうぶだよ、きっと」

いつまでも聞いていたい声だったけれど、とはいえ茜音を置いてきたのが心配だった。

高い木だ。一人で上手く下りられないでいるかもしれない。

再び宵深の手を引いて歩き出すと、ちょうど公園に入ったあたりで吹く風が変わった。

ひやっとして、水の匂いがする冷たい風だ。

空を見上げると、ほとんど同時にぽつっと雨粒が頬を、額を、鼻の頭を濡《ぬ》らした。

それはすぐに大きな粒になって、バタバタ騒々しい音と共に、公園の土を真っ黒に変えていく。

慌てて傘を開こうとすると、途端に空が光り、雷鳴が轟《とどろ》いた。

きゃっと小さく悲鳴を上げて、俺の傘の中に宵深が飛び込んできた。

「び、びっくりしたあ……」

呟く俺にしがみつく、小さくて温かい手の感触、温度を、今でも覚えている。

「こわいよ……」

宵深が泣きそうな声で言った。

宵深がそんな風に、何かを怖がったりするのを初めて見た。

「だいじょうぶ、だよ」

答えた途端、辺りがパッと緑色に光って、さっきよりも大きな、ドン、という地響きのあと、ものすごい大きな音がごろごろと響き渡る。

「うわっ」

落雷は激しい雨を連れてきて、俺と宵深は一つの傘の中で震え上がった。

帰らなきゃ駄目だと思った。このまま外にいるのは危険だって。

だけど寸前で思いとどまった。

だって茜音が『森』で一人で待っているから。

宵深ですらこんなに怖がっているんだ。怖がりな茜音はもっと一人で不安だろう。

きっと怯えて泣いている。急いで行かなきゃ。

ああ、茜音一人を置いてきぼりにするなんて、俺はなんて酷《ひど》いことをしたんだろう。

「あかねをむかえにいかなきゃ。よみは先にかえってて」

「いや！　こわい」

せめて宵深だけは先に帰らせようとしたけれど、彼女は更に俺にがっしりしがみついてきた。

仕方ない。震えている宵深の手を引いて、再び歩き出す。土砂降りの雨の中。夏の突然の豪雨で冷やされた地面は湯気を上げ、俺達の視界を遮る。

だけど何に邪魔されても、茜音を迎えに行かなきゃいけないのだ。

「いこう、あかねがまってる」

足取りの鈍い宵深だけでなく、自分自身にも言い聞かせて歩き始めた矢先、数人の大人が『森』の方で騒いでいるのに気が付いた。

何だろう……と胸騒ぎを覚えて耳をこらしたけど、雨音が邪魔ですぐには聞こえない。

『――が！　大変だ！』

俺はごくん、と息をのんだ。不明瞭《ふめいりょう》な部分が、『こども』と聞こえた気がしたからだ。

そしてそれは間違いじゃなかった。

『子供が木から落ちたみたいだ！　早く！　救急車を！』

雨音の隙間から聞こえた声を耳にした瞬間、全身が凍《こお》り付いたように固まって、一瞬気が遠くなった。

そこからはよく覚えていない。

でも確か傘を放り出し、ずぶ濡れになって大人達と一緒に『森』へ向かった。

そこで俺達は、大人に抱きかかえられて身動き一つしない、茜音のだらりと下がった腕を見た。

呆然とする俺の横で、宵深が悲鳴を上げた。

茜音は血まみれで、ピクリとも動かなかったから。


茜音は重傷ではあったけれど、命までは失わなかった。

近くの木に雷が落ちた衝撃で、茜音はしがみついていた木から放り出されたそうだ。直接落雷の被害には遭わないで済んだこと、頭を打ったりするような酷い落ち方にはならなかったこと。それが不幸中の幸いではあった。

けれど折れた鋭利な枝先が茜音の体を深く傷つけてしまった。

手術が必要な大きな怪我で、何ヶ月も入院しなければならなかったと、俺はそういったことを、後から聞かされた。

俺はすぐに家に帰された後、今度は父さんの方の親戚の家に預けられ、そしてそれっきり双子に会うことはなかったからだ。

双子のお母さんは、俺に対してものすごく怒っていたそうだ。俺がいなかったら、娘は怪我をしなかったって。

双子は木登りなんてしないし、雨の中出かけたりなんてしない。全部、全部俺のせいだって。そしてそれは間違いじゃないって俺も思った。

だけどそれを宵深も、そしてなにより茜音が否定してくれたって聞いた。

自分の意思がなければ、子供がわざわざ木の高いところまでは登らない。そして子供はしばしば、親に隠れて禁じられた遊びをするものだ——そんな風に周りの大人も間に入ってくれたお陰で大事にならないで済んだけれど、祖父母は俺が家に来るのを禁じるようになった。

大人達は俺の過《あやま》ちを責めないでくれたけれど、双子のお母さんの怒りは深かったから。

俺自身も、自分が許せなかった。

夜、布団に入って一人になると、茜音のあの傷ついた姿、『おいていかないで』と叫んだ声が頭から離れなくて、怖くて、何度も夜中に飛び起きた。

双子を大好きだった分、それはそっくり罪の意識に変わっていた。

そんな時、実の母さんが病気で亡くなり、そして半年もせずに父さんの転勤が決まった。

まったく生活が変化して、何もかも目まぐるしく変わっていく毎日の中で、俺は双子のことを忘れていった。あんなにも好きだった宵深の声も——。

一昨年じいちゃんの葬式で札幌に戻ってきた時、茜音が死んでしまったことを聞かされるまで。

俺は、茜音に謝らないまま逃げていた。

それがどんなに卑怯《ひきょう》で、酷いことなのか自分でわかっていたのに。

そして結局俺はもう、一生茜音に謝れないんだ。

勿論そんな俺の罪悪感までは打ち明けずに、さらっと隣に祖父母が住んでいたことだけ説明した。

「え、じゃあ、昴君があの『すばる』君⁉」

一限目の英語の先生が教室に入ってきたので、宮川が驚く声を押し殺して言った。

「知ってるんだ……？」

今度は俺が驚く方で、宮川は少し首をひねった後、今度はノートにペンを滑らせた。

『私、小五の頃からずーっと宵深と同じクラスなの。中一の時だけは茜音とだけど』

「へぇ……」

宮川の意外と達筆な文字と、そして書かれた内容に、思わず声が洩《も》れた。

『だからすばる君の話は、何度も双子から聞いてるよ』

「…………」

何を、どこまで？　と飲み込んだ言葉、引きつった俺の顔を見て、宮川はくしゃっと苦笑いに顔を顰《しか》める。

『お母さんが怒ってて、それっきり会えなくなったってことも。遠くに引っ越しちゃったっていうのも聞いたけど……確かに三重県は遠いわ』

　そこまで書くと、宮川は「うわあ」と呟いて身震いした。

『でも、お互い学校が一緒って知らなかったんでしょ？　運命すぎない？　感動の再会じゃん！』

『そうかな』

　と返事を書く手が止まった。感動の再会――になるのだろうか？　本当に？

　むしろ怒られたりしないだろうか？　現に宵深は俺を一瞥《いちべつ》した後、そのまま何事もなく授業を受け始め、こうやってチラチラ見ずにはいられない俺と違って、まっすぐ先生と黒板の方を見ている。

『今更何をって思うかもしれないし、急すぎてなんて言えば良いか』

　思わず書いてしまった、俺の弱気な本音。

　よっぽど情けない顔をしていたのか、俺をちらっと横目で見た後、宮川はぷっと噴き出した。

『宵深はあの通りだから、ぐいぐい行けばだいたいどうにかなる。大丈夫！　運命の再会、私がちゃんと大成功させてあげるから！』

　ビシッ！と親指を立てて『イイネ』して、宮川が不敵に笑った。な……なんと頼もしいんだ宮川。

　そんな彼女にまるまる甘えてしまうのは情けないが、何年も会っていない宵深のことをわかっているのは彼女の方だろうし、宵深を怒らせたり、嫌な思いはさせたくない。

『よろしくお願いします』と返事して、俺は頭を軽く下げた。

視界の端で、変わらない宵深の横顔をそっと見つめながら。

5

一限目の授業が終わるなり、宮川は俺を宵深の席まで引っ張っていった。

「ねえ宵深！　ほら！　転校生!!　『あの』昴君だったんだよ！」

「…………」

宮川に言われて、宵深は座ったまままじまじと俺を見上げた。

目が合った。

心臓が止まりそうになった。

七歳の頃から双子は人形みたいだったけれど、高校生になった宵深は本当に綺麗だった。

長い睫《まつげ》と黒目がちな瞳、眦《まなじり》のあどけなさ。肩より少し長いサラサラな黒髪。怖いくらいに白い肌——見た目は茜音とまったく同じはずなのに、外に持ち出したら、汚れて壊れてしまわないか不安になるような、そんな宵深の危うい雰囲気は今でも変わらない。

宵深は何も言わずに、俺をじっと見ていた。

彼女が何を考えているのかわからなくて、俺はまごついた。

怒っているのか、それとも……。

「昴君だよ!?　覚えてるでしょ!?」

「み、宮川、ちょっと――」

宮川が更に圧をかけるように聞いたので、慌てて間に入ろうとすると宵深が小さく答えた。

「……る」

「え？」

「……覚えてる」

「あ……」

こっくりと頷いて、宵深が微かに口角を上げた。

「そ、その……久しぶり」

情けないことに俺は彼女の微笑を見て、それまで言おうと考えていた言葉が全部吹っ飛んだ。

なんとか絞《しぼ》りだせたのは、そんな気の抜けた挨拶だった。

結局その時間はそれ以上の話はできず、その後も移動教室だったりして、転校初日からすっかり挙動不審だった俺が、もう一度宵深と話せたのは昼休みだった。

今日一日、俺の世話係を決め込んだ宮川が、すかさず宵深に「お昼一緒に食べよ！」と声を掛けてくれたので、彼女が女神に見える。

だけど宵深は俺達をじっと見てから、静かに立ち上がって、席を離れ――すぐにぷいっと教室を出てしまう。

「あ……」

「多分大丈夫。宵深はいつも購買で買うから」

がっくりした俺を見て、慌てて宮川が言った。

そうか、じゃあお昼を買いに行っただけか。そしてそういえば俺も、明日からのために購買をチェックしたかったことを思いだした。

早足で教室を出て、廊下を歩く宵深に声を掛ける。

振り向くと、宵深から微かなラベンダーの香りがした。

「あの……購買、俺も一緒に行っていい？」

こくんと頷いて、明確な返答をくれたのでほっとする――と、宵深は俺の手を唐突に取った。

「え？」

「…………」

そうして無言で歩き出した彼女に、やや強引に手を引かれるように数歩進んで気が付いた――ああそうか、案内をしてくれるのか。

「ありがとう」

お礼を言うと宵深は俺を見上げて、今度は確かにニッと笑った。一瞬だけだったけど。

十年ぶりに繋いだ宵深の手は、あの頃と同じで小さくて、温かかった。購買が百階くらい下なら良かった。

このままずっと手を繋いでいられたらいい……なんて思いながら、宵深の半歩後ろを歩いた。

俺の気持ちとは裏腹に、宵深はずんずん歩いて行く。

残念ながらすぐに着いてしまって、宵深は焼きそばパンを一つ買った。俺もそれに倣《なら》った。それとちくわパン。

高校生達の胃袋を満たすためか、少し大きめなこっぺぱんは、想像よりも焼きそばが詰まっているようで重みがある。美味しそうだ。

そして当然というか、残念ながら宵深は帰りまでは手を繋いではくれなかった。


教室に戻ると、机をくっつけて三人分の席を用意してくれていた宮川が、俺達に手をひらひら振った。

「宮川はお弁当なんだ？」

「うちは四人家族全員お弁当必要だから、交代でお弁当作るの。今日はパパの日だから太っちょサンドだよ」

そう言って宮川は、ビタミンカラーのケースに入った、具だくさんサンドを取り出した。

「宵深はずーっと焼きそばパンなんだよね」

並んだパンをを見下ろして宮川が言った。

「ずっと？　そんなに美味しいんだ？」

それは食べるのが楽しみだと思いながら、ビニールの包装を破る。

「味は普通かな。値段表の一番上にあるからだって前に聞いたけど？」

ね？　と宮川が宵深に聞くと、彼女は焼きそばパンにかぶりつきながら、こっくりと頷いた。

「そんな理由？　他のにしないの？　飽《あ》きないんだ？」

宵深はしばらく黙ってパンを咀嚼《そしゃく》し、ごくん、と飲み込んでから、困ったように眉を寄せる。

「……選ぶのは私じゃなくて、茜音の役目だから」

「…………」

それは茜音を偲《しの》ぶでなく、寂しげだというわけでなく、まるで今も茜音が側に居るような口調だった。

ずっと茜音と宵深は、二人で一人だったと思う。

――ああそうか。宵深の中には、まだ茜音がいるんだな。

俺はそれが悲しいと同時に、なぜだかほっとした気がした。

そして宵深はどうやって、茜音との別れを乗り越えたのだろう……。

宮川が普通と称した焼きそばパンは、少し甘みがあって、小麦の香りがするこっぺぱんと、少し塩分の強めな焼きそばの相性が抜群にいい。

パンとして食べやすいように、細切りにされたキャベツとにんじん、もやしのぐんにゃりシャキッとした食感もいい。

惣菜パンのちくわパンも、ちくわの中にツナマヨが詰まっていて、もうそれだけで美味いじゃないか。

他にもパンは何種類かあるようだし、これなら俺も毎日購買で良いな……と思いながら、俺は宮川と宵深のやりとりを眺めた。

宵深とは小学校からの付き合いだという宮川は、お世辞にも社交的ではない宵深の扱いをよく心得ているようで、『うん』だったり、『ううん』だったりという、宵深が答えやすいように会話している。

俺の知らない二人の時間を確かに感じて、なんだか嫉妬《しっと》めいたものを感じると同時に、俺は少しだけ宮川が、茜音に似ているような気がした。

だから宵深も彼女には心を許しているように見えるのだろうか？

それが良いことなのか、悪いことなのかはわからないけれど。

そんな感傷混じりの昼食でも、もう二度と会えないだろうと思っていた宵深が目の前に居ると思うと嬉しくて、午後の授業もソワソワした。

「宵深って、部活とか入ってるのかな？」

放課後、帰る支度をしながら宮川に問うた。

すると彼女は俺に答えるより先に、宵深を手招きする。

「……昴君、もう宵深とは片時も離れたくなくて、一緒に帰りたいんだって」

「ひええ⁉」

なんてことを言うのか⁉

「何よ」

慌てて宮川を遮ろうとしたけれど、宵深は頬を赤らめ、困ったように俺を見た。

「いや！　今日は帰りも叔母が迎えに来てくれてるはずだから、予定がないなら、一緒に乗っていかないかと思って！　ほら、またJR遅れたら大変だろうし、隣なんだし……」

しどろもどろで説明し直すと、宵深は神妙な表情で頷いて、鞄《かばん》を取りに席に戻った。

「宮川……」

「本当のことでしょ？」

「違っ！　それに、いや、だって……何を話したら良いか――」

「相手は宵深なんだから、別に無理に話なんかしなくていいのよ。話す必要のある時だけ聞けば良いじゃない。宵深もいつも以上に無口だけど、きっとびっくりしてるだけだから」

「あ……そ、そうか……」

「宵深だって別にお人形さんなわけじゃないんだから。嫌だったら嫌だって言うよ。だから心配せずに再会を満喫《まんきつ》しなよ」

「かー、青春だねぇ」とやけにおっさん臭い言い方をして、宮川は俺の二の腕をぽん、と叩く。

「うん……」

実際はそこまで単純な話ではないと思う。だけど宵深と同じ学校、同じクラスだとわかった以上、このまま逃げるわけにもいかない。

一度ちゃんと話をしなければいけないのは事実だ。

それなら二人でＪＲで帰ってもいいし、もしくは家の近くのファミレスで話をするんでも——。

そう考えて、ふと思った。

「小学校から一緒なら、宮川も家が近いんじゃないのか？　送っていこうか？」

今日一日散々世話になってしまったんだし、そのくらいなら芽生花ちゃんにお願いしてもばちは当たらないだろう。

「んー、それが微妙に引っ越してて、前ほど近くじゃないからいいよ。私のことはお気になさらず」

「そう？」

気が付けば、鞄を手に宵深が横に立っていた。スマホを確認すると、芽生花ちゃんから『着いてるよ』とメールが来ていた。待たせるのもなんだか悪い。

「なんか……今日一日色々ありがとう」

自分の鞄を手にして、俺は素直に感謝を口にした。

「そんな、たいしたことしてないって。さ、早くお帰り」

「うん。じゃあ、また明日」

ひらひらと手を振ると、さもなんてことはないという風に宮川はスマホを覗く。

俺もここでしつこく食い下がるより、他の方法で恩を返していけば良いか……と思って、宮川に背を向けて歩き出した――が。

「はわー！」

背後から奇声が上がって、慌てて振り返る。

「ちょ、ちょ、ちょっと、やっぱ乗せてって！　ってか、昴君ちＷｉ－Ｆｉある⁉」

さっきとはうって変わって、スマホを大事そうに胸に抱え、宮川が早口で言った。

「え？　ああ……叔母が家で仕事することもあるらしいし、繋がってるけど……」

「マジ⁉　電源とＷｉ－Ｆｉ貸してくれる⁉」

「別にそんくらい、いいと思うけど？」

「やった！　じゃ、じゃあ早く！　早く行こ！　帰ろ！」

どういう風の吹き回しなのか、『？』と顔を見合わせた俺と宵深の背中をぐいぐい押して、宮川は飛び跳ねるように歩き出した。

6

「やー、若い二人の邪魔をするつもりはなかったんだけど、ちょっと推しが急に三十分後に生歌のゲリラ配信するっぽくてねぇ」

芽生花ちゃんの車が走り出すと、宮川がてへっと笑いながら言った。

「推しのゲリラ配信？　へー、誰なの？」

興味を惹かれたように芽生花ちゃんが聞くと、宮川はますます嬉しそうににーいっと笑う。

「はらＰ――『はらペコリ』っていう歌い手さんなんです。でもこんな時に限って、バッテリー８％だし、しかも今月もうデータ通信量カツカツで」

『はらペコリ』？『歌い手』？　と、あまり知らない単語が並んだ。

でも芽生花ちゃんは「あー、今人気あるよねぇ」とどうやら知っていたみたいで、うんうんと頷く。

「それならリビングのＴＶで見ていいよ。配信サイトに繋げられるし、スピーカーもちょっといいのにしてるから」

「な！　神か！」

後部座席で手を合わせる宮川に、芽生花ちゃんが声を上げて笑った。まぁ……なにがなんだかよくわからないけれど、宮川が喜んでくれるなら俺も嬉しい。

芽生花ちゃんはまた仕事に戻ると言うし、今日知り合ったばかりの女子と、家で二人きりというのも気まずいので、結局宵深も家にいてもらうことになった。

とはいえリビングは今、本が床に積み上げられた酷いありさまだ。

「新しい本棚を注文して、届くの待ちなんだ……」

ひゃあひゃあ黄色い声を上げながら配信を見始めた宮川をよそに、宵深は床の本を興味深げに見ていた。

その辺の山は、元々リビングにあったばあちゃん達の図鑑だ。そしてその横に、親戚の誰かが俺にくれたっていう『世界の偉人１００』――児童向けの偉人の伝記シリーズが積み上げられている。

宵深はそれを懐かしそうに見て、手を伸ばした。

何十巻とあるこの伝記集を、俺はちっとも面白いと思えずほとんど読んでいなかった。でも時々家に遊びに来た双子が面白がって読んでいたのを覚えている。

「この辺までしか読んでないよね、確か」

そう家に頻繁《ひんぱん》に遊びに来ていたわけではないので、半分以上は未読だろう。さすがに俺達の年齢で読むには容易すぎるだろうけれど、宵深は本の山から『クレオパトラ』を抜き出した。

　俺はどうして彼女がそれを手にしたのか、すぐにわかった。

　茜音の大好きな本だったからだ。

　色々な偉人を読み進める宵深の横で、茜音はいつもその『クレオパトラ』だけを読んでいた。とっても楽しそうに。

「……持って行く？」

　そう声を掛けると、宵深は顔を上げ、ゆっくり首を横に振った。

　そんなことを言わず持って行ってくれていい――だけど仏前に添えてあげてとは、どうしても言えなかった。

「あ、何か飲み物出そうか。芽生花ちゃんが余市《よいち》のリンゴジュースがあるって――」

「いい」

　思わず誤魔化《ごまか》すように言った俺を、宵深が見上げた。

「いいから……ここにいて」

「わかった」

　希《こいねが》うよう嗄《か》れた声に言われるまま、俺は宵深の隣に腰を下ろし、手近な一冊を手に取った。子供の頃、よくこんな風に床に座りこんで、本を読む双子の隣で俺も本を読んだりゲームをしていたことを思い出す。

　なんだか急に、泣いてしまいそうになった。

宵深も結局『クレオパトラ』を読まないまま、他の山に手を伸ばした。一番手前にあった一冊――『経済の偉人　カール・マルクス、アダム・スミス』。

確かに今更ナポレオンとか、名の知れた偉人よりは勉強になりそうだと思いながら、俺は『レオナルド・ダ・ヴィンチ』の巻に集中するふりをした。

本の中身が全然頭に入ってこない。


「……あのさ、宵深――」

「ひいいいい！」


やっぱり、茜音のことを何か話すべきなんじゃないだろうか？　と思って口を開いたと同時に、宮川が悲鳴を上げた。

ＴＶの前で転げ回る宮川を見て、宵深と俺は顔を見合わせた。さっきから度々奇声は聞こえていたとはいえ、宵深も驚いているということは、コレがいつもの通りというわけではないんだろう。

「宮川……？」

さすがに心配になって聞いた俺に、宮川はうるうると興奮して潤んだ目で振り返った。

配信はどうやら、歌ではなく雑談コーナーに移ったらしく、『はらペコリ』とかいう二十代後半くらいの『歌い手』が、配信のコメントに返事をしているみたいだった。

目を仮面舞踏会みたいなマスクで覆っているとはいえ、歌声だけでなく顔もいい男らしい。

そして画面の横には、『北海道AIR-V《エアーブイ》時計台ライブ決定！』の文字が、燦然《さんぜん》と輝いている。

AIR-Vといえば、北海道でも有名なFMラジオ局だ。へー、そこ主催でライブをやるんだな。

『てか……あれ？　前にも回転寿司のおすすめを教えてくれた子だよね？　この前その店のスカイツリー店行ってみたけど、確かにサーモンに感動したんだよ。じゃあそのラーメン屋も行ってみるわ』

はらペコリ氏がタブレットでコメント欄を見ながらそう言うと、宮川は再び「ヴオゥエ」と潰《つぶ》れたカエルのような声を上げた。

「宮……」

「た、た、た、たった五百円の投げ銭に……反応してくれるなんて……しんじゃう」

さすがに心配になって、彼女の隣に膝を突くと、床に突っ伏し、息も絶え絶えに宮川が声を絞り出した。

「へ？」

「ううう……『札幌で味噌ラーメン食べたいけど、おすすめどこ？　バターとコーンはのってない方が良いなぁ』っていうからコメしたら拾って頂けたし……前に回転寿司屋すすめた時のこと、推しに『個』を認識記憶されてたなんて……恐れ多くて吐きそう」

「ここでは吐くなよ」

ようは、その推し配信者が、こうやってコメントに直接返事をしてくれたっていうことか。

両手で顔を覆い、「ああ聖地ぃいいい聖地が生まれてしまいますうう」と床にゴロゴロ転がる宮川は、どうやら喜びに打ち震えているらしく、俺は呆《あき》れ混じりに息を吐いた。

どうやら宵深も心配していたらしく、彼女もうっすら笑うように口角を上げ、潰れている宮川の頭をよしよしと撫でた。

まったく人騒がせな奴だ……。

「でも投げ銭したんだろ？　そんくらい普通じゃないの？」

こういう動画界隈《かいわい》に疎《うと》い俺だけど、『投げ銭』の意味くらいはわかる。つまりライブ配信中に、電子マネーや専用の応援アイテムを送って、配信者を支援することだ。

そうすることで配信者には実際にお金が支払われるし、送る方も勿論お金を払わなきゃならない。

昔から大道芸や舞台役者さんなんかに、『おひねり』といったお金を渡す文化があるらしいが、それがそのままインターネットでも引き継がれているのだろう。

「は？　バカなの⁉　今同接《どうせつ》何人だと思ってんの⁉　たとえ赤スパ投げたって、普通はせいぜい最後に名前読んでありがとうって言ってくれるくらいだよ？　それだってないこともあんのよ⁉」

「お、おう……」

ものすごい圧が返ってきて、俺は思わず姿勢を正してしまった。『同接』は同時接続――つまり今配信を見ている人数のことだったはずだ。

確かにかなりの人数が見ているらしく、チャット欄は次々にコメントされていて、ものすごい勢いで画面を流れていく。

しかも僅《わず》かな『投げ銭』で宮川のコメントが読まれたせいなのか、みんな触発されたように画面にはカラフルなコメントを大量に流れはじめた。

投げ銭をしてコメントをすると、通常のコメントとは違って目立つ色で表示されるシステムなのだ。つまりはみんなお金を送っているということだろう。

『いや、そんなにいいから！　みんな飛ばしすぎだよ』

はらペコリ氏も、この流れにはちょっと困ったように言っていた。

『北海道でライブが決まったから、その告知のついでにちょっと歌いたくなっただけだからね⁉　嬉しいけど、みんなそれなら一緒に北海道来て、その時に美味しいご飯食べてよ』

そう彼が諌めたせいか、投げ銭の勢いは少し収まった。

けれどそんな中でも、投げ銭付きで熱心に札幌の人気ラーメン店を薦《すす》めるアカウントがあった。

なのにその『えりぺこ0704（eri-peco0704）』というアカウントが、いくらコメントしてもはらペコリ氏はスルーしている。

いや、そもそもコメの九割は拾われていない。投げ銭していたとしてもだ。

無情な世界だな……と思った。とはいえ何千人、何万人といる中の一人。投げ銭をする人間だって、何十人と居る。もしかしたらもっと。

それなのに全部返事をしていたら、何時間もかかるしキリもないだろう。

なるほど、コメントが読まれ、しかも過去のコメントまで覚えていてくれたことを、宮川が悶絶《もんぜつ》したのも確かに頷ける。

だけどふと、静かになった宮川を見ると、彼女は一転して険《けわ》しい表情で画面を見つめていた。

「宮川？」

「えりぺこ0704……これ……この子、多分エリだ」

「エリ？」

「金沢絵里《かなざわえり》。うちのクラスの女子。昴君はまだ覚えてないと思うけど」

今日が登校初日だ。何人かのクラスメイトとは話をしたけれど、ほとんどが男子だったし、まだ名前と顔もほとんど一致していない。

その『金沢絵里』の名前を聞いてもピンと来なかったが、宮川がそう言うならそうなのだろう。

　そしてそのえりぺこ0704は、はらペコリ氏が諫めた後も、投げ銭をやめるどころか、金額を上げていった。

『私、その店より美味しいお店知ってます！』というコメントと一緒に送られた投げ銭の額はとうとう一万円だった。

「……こんなお金……どうするつもりなんだろ。もう五万近く投げてる……」

　宮川が青い顔で呟いた。

「普段から、こういうお金の使い方する奴なんだ？」

「うーん……確かにここ何ヶ月か、ちょっと目立つ気はするかな……うちの学校バイト禁止だし、どうするんだろうって心配になるよね」

だから宮川は『推し活』のために、週何度か夕ご飯を作ったり、毎日のお風呂掃除だとか、家庭内バイトに精を出しているという。

「確か一日に投げられる額って決まっていたはずだし、今日一日で何十万ってことにはならないと思うけど……」

　宮川が不安げに言ったので、俺達も配信を見守った。幸か不幸か、はらペコリ氏は投げ銭で荒稼ぎしたいタイプではないらしい。諦めないエリのアカウントのせいで、再び始まってしまった投げ銭ラッシュに困惑した様子で、結局配信自体が終了してしまった。

　大好きな推しだ。少しでも長く配信して貰いたいだろうに、それでも宮川は終了画面を前に安堵の表情を見せた。宮川ひなは本当に心が優しい。

「多分、なんだろ？　明日聞いてみたらいいよ。違う人かもしれないし、もし本人だとして、困ってたら相談に乗れるかもしれないし」

ＴＶを消した後も浮かない表情の宮川に言うと、彼女は苦笑いで頷いた。

そうして喜びから一転、本当に心配そうな顔をして、宮川は自宅に帰っていったのだった。

7

宮川と一緒に宵深も家に帰ってしまった。

夜、自分の部屋のカーテンを閉めようとした時、ちょうど部屋にいた宵深と、少しだけ話ができたけど、結局『嫌じゃなかったら、明日から一緒に登校できないかな』と誘えただけだ。

宵深はこっくりと頷いてくれた。

結局それ以上の話はできなかった。

今すぐじゃなくていい。もっとタイミングを見計らってからの方がいいんじゃないか。

そんな弱気が俺の決心を鈍らせた。

宵深は俺を怒っていないみたいだし、茜音のことは、慎重に話した方がいい——だって、茜音の死はいまだに事故なのか、自殺なのかわかっていないと聞いたから。もう花は枯れているのに、俺達の境界線のように咲いたラベンダーの茂みが、その香りが、俺から勇気を奪うのだ。

登校初日で体はくたくただったのに、今日一日で色々なことがありすぎて、逆に目が冴えてしまった。

眠れないまま寝返りを何度も打って、スマホを覗くのを繰り返し、眼球を刺すようなバックライトの灯りを眺め――ああダメだ。双子のことを考えるのは、今はやめにしよう。

それよりもっと別の――そうだ、宮川だ。正確には宮川と同じ歌い手が好きだという、クラスメイトの『エリ』。

彼女は本当に大丈夫だろうか……。

現金な物で、ろくに面識のないクラスメイトのことを考えはじめ、気が付くと眠りに落ちていた。

そんな夜だったで、翌朝まんまと寝坊をしてしまった。

いつまで経っても起きてこない俺を心配した宵深が、わざわざ電話で起こしてくれたお陰で、転校二日目で早速遅刻……という最悪の結果は免《まぬが》れた。

大急ぎでシャワーを浴び、朝食代わりにプロテインバーを囓《かじ》る。

その頃には宵深はもううちに来ていた。焦ってまだ硬いワイシャツのボタンをわたわた嵌《は》める喉元に、彼女の白い指が伸びてきた。

「あ……もしかしてずれてる？」

「一番上が」

なんてこった。

宵深の綺麗な指が、ボタンを一つずつ嵌め直してくれる。まったく俺ときたら、子供かよ。

恥ずかしい反面、なんだかいかにも『幼なじみ』って感じのシチュエーションに、俺の鼻の下が少し伸びてしまった。

だけどそんな『幼なじみ』ごっこを満喫している余裕はなかった。このままでは遅刻してしまう。

ギリッギリで電車に飛び乗り、なんとか遅刻は免れた俺達は、通勤通学で混んだＪＲで高校へ向かった。

「危うく宵深まで遅刻させるところだった」

はあ、と狭い車内で安堵すると、昨日よりも少し近い距離で、宵深が神妙な顔で頷いた。

「次からは、置いていく」

フン、と少し不満げに鼻を鳴らし、当然な、けれど無情な返事をする宵深に、俺はすみません、と頭を下げた。

でも昨日は宮川が言っていたとおり宵深も緊張していたのか、不安なほど無口だったのに、今朝は随分それが和らいだように感じる。

もっと話したいと思ったけれど、車内が混んでいることを理由に、俺は言葉を飲み込んだ。

ちゃんと茜音を怪我させてしまったことを謝って、そして彼女がどうして死んでしまったのか、俺のせいなのか、宵深は平気なのか――色々話したいこと、話さなければならないことがあるとわかっている。

このままなぁなぁというか、過去のことを話さないままでいいのか？　そもそも宵深の本心はどうなのか？　と不安になるし。

かといってなんと言えば良いかわからない。変に蒸し返して、今の関係が壊れてしまうのも怖い。

結局言い出せないまま、電車は最寄りの駅にたどり着き、俺達を吐き出した。

遅刻しそうだと気がせいてしまっていたせいか、結局予定より少しだけ早く着いてしまったのだった。

教室に入ると、声は潜めているものの、宮川と女子生徒がなんだか揉《も》めているようだった。

あの気立ての良い宮川が、ひどく険しい表情で話している相手が、多分『エリ』なのだろう。

「ほっといてよ！」

心配する俺達にも気づかずに、エリは宮川に一声怒鳴って、教室を出ていった。

結局彼女は、そのままHRが始まるギリギリまで、教室に戻ってこなかった。

『やっぱり、昨日のえりぺこ0704、金沢絵里だった？』

授業中、こっそりとノートに書いたメッセージを宮川に差し出すと、彼女は溜息を一つはいて、こっくりと頷いた。

『でも、全然話を聞いてくれる感じじゃないの』

確かに余計なお世話と言えばそうだ。ただクラスメイトというだけなんだし、仲が良くもないなら、口を出す必要はないかもしれない。

とはいえ、なんとも気分は良くないのだが。

そうこうしているうちに昼休みになって、俺は宵深と焼きそばパンを買いに行った。

宵深は迷うこともなく焼きそばパンをひとつ買い、俺は今日は焼きそばパンとコロッケパンにした。

「…………」

会計を待っていると、不意に袖を引かれた。

宵深だった。

何かと思えばちょうど会計している生徒、レジの前に立っていたのはあの『エリ』だった。

彼女は一番安い、食パンにチョコクリームを挟んだだけの、チョコサンドを手にしている。安くてボリュームがあるとはいえ、質素な昼食だ。

「あんな大金投げて……本当に大丈夫？」

「は？」

彼女が通り過ぎるタイミングで、思わず声をかけてしまうと、エリは顔を真っ赤にして、怒りを顕わにした。

「ひなが言いふらしてるの⁉　だからなんとかなる予定だから大丈夫って言ってるでしょ⁉　ほっといてよ！」

「最悪！」と吐き捨てるように呟いて、彼女は行ってしまった。

パンを手に俺達も教室に戻ったけれど、そこにエリの姿はない。そりゃそうか。うーん、でもどうしたものか。

宮川は今日は海苔《のり》弁当だった。おかずは梅干しと目玉焼きウィンナー。緑のない極めてシンプルな『朝ご飯弁当（by宮川）』は、宮川姉上の作品らしい。

わくわくと期待を胸にかじりついたコロッケパンだったが、ナン？　や硬い肉まん？　のような、白いむっちりとした生地に包まれたコロッケは……なんというか、あんまり好みではなかった。

焼きそばパンのような、ふわっと柔らかいパンだったら良かったのに。

購買で一番高いパンだったのに……。

「それ、あんましでしょ？」

「う、うーん」

宮川にニヤニヤしながら問われて、俺は低く唸《うな》った。生地の硬さのせいで、囓ると先に潰れてしまったコロッケの表面のカリカリが、もろもろと下にこぼれ落ちてしまう。

「好きな人は好きらしいんだけどねぇ」

練度が上がると、屑《くず》もこぼさずに食べられるようになるらしい……なんだ？　コロッケパンの練度って。

そんな気楽な会話を頑張っていたが、結局その後俺達の会話は途切れてしまった。

宮川が明らかに心ここにあらずといった調子だったし、俺もモヤモヤしていたからだ。

「……両親のカードを使ってるとかなら、結局遅かれ早かれバレるだろうし……親に話すっていうのはどうかな？」

確か投げ銭の支払い方法は、クレジットカードかキャリア決済だけだったはずだ。

「ソシャゲの課金だって、子供が勝手に大金つぎ込んだら返金して貰えるって言うし、カード会社とかに問い合わせてみるとか……」

宮川が「ううん」と首を横に振った。

「それが、投げ銭は返金されないの。動画配信サイトに問い合わせても取りあってくれないし、カード会社もどうにもできないみたい」

法律的なことらしく、俺にはよくわからなかったけれど、ゲームの課金の場合は、『未成年者取消権』で取り消すことが可能らしいが、投げ銭は何かを購入しているわけではなく、寄付だったり、配信者への謝礼や報酬という扱いらしい。

支払われる側の権利を守るために、たとえ実際は未成年であっても、購入時に保護者の同意にチェックされていたら、取り消すことができないらしい。

「それに、前からちょこちょこ投げ銭はしてるから、親のカードとかじゃない気がする。抜け道がないわけじゃないから」

「そもそも、なんでそんなにお金を贈りたがるんだ?」と俺は首をひねった。

「うーん、応援したい気持ちが一番なんだけど、やっぱりコメに返事してもらったり、メッセージを読んで欲しい……とかかな」

「ふうん?」

俺と宵深は思わず顔を見合わせたが、でも確かに昨日、五百円払って送ったコメントを、宮川は読んで貰っていたっけ。

「投げ銭するとね、打てるメッセージの文字数も金額で増えていくし、長く表示されるようになるの。投げ銭自体は二百円から投げられるけど、それは他のコメと同じに流れちゃうから、昨日みたいにたくさんの人が見ている配信だと、あっという間に見えなくなっちゃうのね」

「確かに昨日は一瞬って感じだったな」

「うん。でも五百円からは二分間、千円だと五分、金額が上がるにつれ、三十分、一時間……って送ったメッセージが残って見えるようになってるの」

「じゃあ、たくさん払えば、それだけ送った長いメッセージが、配信者の目に長く触れるようになる……ってことか」

中でも一万円を超える投げ銭は、赤い枠で表示されるので『赤スパ』と呼ばれる。送られる方も人の子なので、金額が高いとやっぱり『返事をしなければ』という気持ちも働きやすくなるのだろう。赤スパともなれば、返事をくれやすくなったり、絡んでくれたり、そして名前を覚えてくれたりするそうだ。

「つまり好きな人の気を少しでも惹《ひ》きたくてってことか……」

「うん。でも私なんてぶっちゃけ五百円でもつらい」

宮川は渋い顔で言った。確かにそれはそうだろう。だから彼女はそのために家事を手伝ったり、父や母がお弁当を作れない時に支給される昼食代をできるだけ残して、なんとか推し活資金として確保しているらしい。

投げ銭以外にもＣＤやグッズだって販売されるのだから、お金はいくらあっても足りないだろう。

「エリの家、そこまでお金持ちでもないはずなんだ。この前、夏期講習受けた塾にそのまま通いたかったのに、親に余裕ないからダメって言われたって言ってたし……」

各家庭のことまではわからないが、エリに五万という大金を一晩で溶かせる金銭的余裕があるとはなかなか思えない。

だとしたら、どうやってそのお金を捻出《ねんしゅつ》しているか……なのだが。

「もしも……自分を大切にしないような方法だったら、心配」

宮川は泣きそうな表情で顔を歪め、半分くらいしか手の付いていない、自分のお弁当を見下ろした。

「仲が良いんだ？　それとも、宮川が優しいだけ？」

「優しいわけじゃないよ。ただ同じものがすごく好き！　って友人を、嫌いになんかなれないし……それに、そのせいで『よくないこと』をしていたりするのも嫌なだけ。『彼』まで汚れてしまう気がするし……」

俺はそういう『推し』はいないので、宮川の言うことをまるまる理解できたわけではないが、なんとなくはわかった。

俺は宮川が嫌いじゃない。

彼女の性格が好ましいのもあるが、でも一番の理由は、彼女が宵深を大切にしているんだと感じるからだ。

「それに私達同じ人、同じ曲が好きなんだよ。きっと心の中に同じ痛みだったり、大事なものだったり、似ている部分があるんだと思う。だから……自分にしてあげるように、大事にしたい」

その時、エリが教室に戻ってきた。

エリは俺達を見て、ぷい、っと顔を背けるようにして席に着いた。

「…………」

宮川の顔がますますくしゃっと歪んだ。

なんとかしたい——と、思った時、いつの間にか焼きそばパンを食べ終えていた宵深が、ハンカチで口元をぐいっと拭《ぬぐ》った後、唐突にすっくり立ち上がった。

「よ……？」

それまで黙って話を聞いていた宵深は、まっすぐとエリの所にスタスタと歩いて行く。

俺と宮川は驚いて、困惑して、少し遅れてその後ろを追った。

「宵深——」

「価値は？」

「……え？」

困惑する俺達を無視するように、宵深がエリに問うた。

エリもきょとんとした表情で、目の前に立つ宵深を見ている。

「昨日読んだ本に『資本論』を書いたカール・マルクスの『等価交換』について書かれていた。互いが同等の価値を持つからこそ、取引は成り立つのだと。でも実際はそれは間違いで、人それぞれによってそのものの価値は変わります。何かを手放すことによって、更に自分に必要な良い物を得られるからこそ、取引は成り立つ」

「なによ、経済の話？　価値って……あ、当たり前でしょ。ガチ恋してるんだから」

「ガチ恋？」

「そ！　だからお金なんていくらでも払えるよ。昨日のことに後悔なんてない！」

「いくらでも、は無理です。あなたは錬金術師じゃない。それとも油田でも持っているの？」

口の端を微かに上げた宵深に見下ろされ、エリはむっとしたように眉間に深い皺を刻んだ。

「油田はないけど、小さい頃から貯めてきた貯金がある」

「それを捧げる価値が、画面越しの赤の他人に？」

「画面越しじゃない！」

ぎゅっと机の上で強く拳を握って、エリが反論した。

「……確かに、昨日はひなが羨《うらや》ましくて、悔しくて、行きすぎたのは事実だけど……でもその甲斐あって、そのすぐ後に彼のマネージャーさん経由で、彼から連絡が来たの」

エリはそう言うと、今度は宵深じゃなく、後ろで戸惑う俺達を――宮川を睨《にら》み、挑むように言った。

「はらＰから？」

「そ。無理にそんなに投げ銭してくれなくても大丈夫だって。優しいでしょ。そしてそのお礼に、札幌に来た時に会おうって」

「…………」

思わず返答に困って、俺と宵深は宮川を見た。

宮川も怪訝《けげん》そうに俺を見返して、首をひねった。

「エリ……それって、本当にはらPからなの？」

「当たり前でしょ⁉」

またむっとしたように顔を顰めると、エリは「証明してあげる」とスマホを取りだし、SNSのDM画面を開いた。

確かにそれは配信者のマネージャーを名乗るアカウントからで、昨日たくさん投げ銭してくれたお礼や、きちんと配信中に取り上げられなかったことの謝罪、そして実際に会いたいという内容が綴《つづ》られていた。

「ほら！　他にも昨日のことだけじゃなくて、前にしたコメにも触れられてるでしょ？」

エリが言うように、確かに昨日だけでなく、前回、前々回のコメントへの返信が送られている。

俺はその配信を知らないので、正直判断はよくつかないのだが、本人からだと言われたら、それっぽく見えるやりとりではあると思うのだが……。

「でも……これだけで信用するのは怖くない？」

宮川もやっぱり信用しきれない様子だった。

確かに昨日の配信内容がよく反映された返信のようだけれど、やっぱりファンに直接『会いたい』というDMは、百歩譲って本当に本人からだとしても、なんかヤバいだろう。

特に俺達は未成年なんだし。

しかも実際に配信者に会う前に、まず確認のために先にマネージャーと会うという約束まで取り付けられている。

「本当に瞞《だま》されてないか、心配……本当にはらPなの？　マネージャーって聞いたことないけど……」

宮川が絞り出すように呟いた。

「は？　あんなに人気あるんだし、マネージャーくらいいるでしょ⁉　先にチェックされるのだって、バイトの面接みたいなもの。そりゃ彼に何かあったら大変なんだから！」

「うーん……」

そう言われたら確かに、そんな気もするが……。

「そもそもファンに陰で会うのは、いいことじゃないと思うんだけど……年齢の話とかちゃんとした方がいいんじゃないのか？　万が一外に漏れたら、相手が未成年だとか大炎上すると思うぞ」

「だから慎重なんでしょ⁉　彼が今まで変な噂とかもたってないのは、こうやって相手を選んでるからなんだよ。そりゃ自分が選ばれなかったからって、ひなは頭にきてるんだろうけど？」

ふふん、と鼻で嗤《わら》うようにエリが言ったので、さすがに宮川もムっとしたように唇をすぼめた。

「それより私のアカウントを知ってる人もほとんどいないし、このまま誰にも言わないでよ。全部余計なお世話なんだから。悔しかったら、ひなも誘われるように頑張ってみたら？」

挑発するように言われて、宮川は反論しかけたようだったけれど——きゅっと唇を噛んで、「わかった、もういい」と俯《うつむ》いた。

話はこれで終わりという空気だ。

モヤモヤするけれど、これ以上話して何かが変わるとは思えないし、仕方ない。

諦めてエリの席を離れようとした時、宵深が呟いた。

「顔」

「顔を、知らない」

「顔？　配信者の顔は知ってるし、多少編集してあったって——」

「相手の方が貴方の顔を知らない。顔もわからない相手に会うのは変でしょう」

宵深がそっと目を細めて言った。

「だから面接があるんでしょ？　それに彼は見た目よりも中身重視だから――」

「ただ事前に写真を一枚送ってほしいと言えば良いだけなのに、なぜわざわざいきなり会うという段階を踏む必要が？　好きな顔でなければ会っても無駄なのでは？　彼は『選べる』立場なのに」

「な……」

「貴方にとって、彼は価値の釣り合う人だとしても、彼の方は？　彼にとって貴方がそんな価値があるとは思えな――」

「うるさい！　だからもうほっといてってば！」

宵深が言い終わるよりも先に、エリはカンカンに怒って机を叩き、怒鳴る。

他のクラスメイトや、廊下の生徒が怪訝そうにこちらを見ていた。

俺は宮川と宵深を引っ張るようにして、エリから離れる。

その時五限目が始まる予鈴《よれい》が鳴ったので、結局話はそれでお開きになったのだった。

8

「さすがに、『価値があるとは思えない』っていうのは、傷つける言い方だと思うよ……？」

放課後、さっさと教室から出て行ったエリの背中を見送りつつ、俺は帰り支度をする宵深に言った。

けれど宵深はすこうし首を傾げ、俺を見た。

「でも相手は予告なしの配信一時間で、何万円も投げ銭を稼ぐ人気の配信者。しかも容姿に恵まれ、才能もある。その気になれば若い女性をいくらでも靡《なび》かせられるのに、顔も知らない相手に簡単に食いついたりするとは思えない。きっと本意は何か別のところにあるはず」

「……宵深？」

宵深の言っていることは尤《もっと》もだ。だけどそれよりも、いつも無口でおとなしい宵深が、こんなはきはきとしゃべっているのに、俺は驚きを隠せなかった。

そして。

「ずっと……こんな風に宵深の声を聞きたかった」

思わずそんな本音が、上擦《うわず》った声が洩《も》れてしまった。でも俺はずっとずっと、宵深の声が聞きたかったのだ。

今度は宵深もびっくりしたように瞬きをして、そして俺から顔を背けた。

「私も宵深の言うとおりだと思う」

そんな俺達のやりとりの間に入ってきた宮川が、なんだか申し訳ないような苦笑いだったので、俺は聞かれてたんだ……と恥ずかしさに逃げたくなったが、でもそうなのだ。本題に戻ると、宵深の言っていることは俺も的を射ていたと思う。

確かに今はアプリで簡単に編集できてしまうので、顔写真に信憑性がなくなっているのかもしれないが、だからって会おうって相手の顔に、最初からまったく触れないことには違和感がある。

「投げ銭をする子はエリだけじゃない。もしかしたら他の子達にも同じように声をかけてるのかもしれないけれど……宵深の言うとおり彼は『選べる』立場の人だと思う」

そこまで言って、宮川は俯いた。

「エリにその価値がないって意味じゃなく……ただ本当に顔が関係ないっていうなら、選ぶ必要もないということだよね。同じキャンディーの入った袋の中から、一つだけ選ぶとき、入念に選ぶ人はいないものの」

つまりは、誰でもいい。大切な相手じゃないから――そういうことだろう。

「もし本当に相手が彼だとしても、そんな人にエリを会わせたくない」

それに宮川は、そもそも『はらペコリ』氏がそんなファンに声を掛けて会うような人にはやっぱり思えないと言った。

俺は別に人生を斜に構えているわけではないが、そればっかりはわからないという考えが、どうやら顔に出てしまっていたみたいだ。

「昴君もはらPの歌聴いてみてよ……本当に、そんな人じゃないんだから！」

宮川は拗ねたように唇を尖らせ、好きだという曲の動画ＵＲＬを何通も送ってきたので、思わず「えー」と不満の声が漏れてしまう。

「普段何聴いてんの？　ボカロ？　アニソン？」

「なんでだよ。ロックだよ。ちょっと古い奴とか。海外のとか」

「はぁ？　古い曲なんてやめなよ。人間はねえ、新しい曲を聴かなくなるのが老化の始まり、滅びへの第一歩なんだよ？」

「別に何聴いてもいいだろ!?　俺には新しいんだよ！」

　そんな俺達の小競り合いを、はらはらした調子で見ていた宵深が、とうとう見かねたように俺と宮川の間にぎゅうぎゅうと割り込んできた。

「ＤＭの相手が本当にその『はらＰ』じゃないなら、既に彼女を知っている人が犯人でしょう」

「エリの知り合いの犯行……じゃあ、悪戯《いたずら》ってこと？」

　宮川の顔から笑みが消えた。

「悪戯かどうかは知らない。ただ彼女のアカウントと、彼女の配信中の行動を見守ることのできた人が、『はらＰのマネージャー』のアカウントの持ち主でしょう」

「でも、エリも言ってたとおり、エリのアカウントを知ってる人は多くないと思う。私が知ってるのもたまたまだし……エリは同担拒否《どうたん》だから、ファン同士で仲良くするとか好きじゃないの」

　同担拒否……また聞いたことのない言葉が宮川の口から飛び出した。

「少なくとも、クラスにはいないと思うし、あとはＳＮＳで知り合った人とかだったら、捜すのは難しいんじゃないかな……」

「いいえ？」

うーんと悩む宮川を見て、一瞬宵深が微笑んだ。わくわくと目を細め、まるで何かを楽しむように。

俺はその表情、その顔に、確かに見覚えがあった。

いたずらっ子の笑顔。

茜音――茜音だ。茜音は頭の回転が速かった。大人をちょっと困らせる時、嬉しそうになぞなぞに答える時、茜音はいつもそんな顔をした。

うり二つの双子なんだから、似ているのは当たり前なのに、不思議と全く違う気がする宵深と茜音。

でもこうやって笑う宵深の中に、茜音の面影を感じて――俺は嬉しくて、懐かしくて、寂しくなった。

「――君《くん》？」

「え？」

「どうしたの？　昴君。聞いてる？」

「あ……いや、なんだって？」

宮川がちょっとむっとしたように言ったので、俺は慌てて彼女の言葉に集中した。

「だから……宵深がね、彼のファンというのがにじみ出るようなＳＮＳアカウントを作って、あのマネージャーにこっちからDMを送ろうって」

「へ？」

宵深が微笑んだまま頷く。でもどうやって……？　と思ったら、宵深はあの短時間で、『マネージャー』のアカウントを暗記していたらしい。

「『昨日、ラーメンのことで話題にしてもらった者です。友人の『えりぺこ』ちゃんから話を聞きました。私も内緒でこっそり会いたいです』と――上手く釣れるように、アイコンは少し扇情的《せんじょう》的にしたらいい」

「え……扇情的って……？」

思わず顔が引きつった。偽のアカウントとはいえ、そんな画像を勝手にどこかから持ってくるわけにもいかないし、だとすれば自分達で用意しなければならないだろうが――。

「だから、昴君を撮ろうって」

「へ？」

「AIでもバレそうだし、だから昴君を撮影して、性別変更アプリを使ったら良いんじゃないか？　って宵深が言ってたのに……聞いてなかったんだ？」

宮川が不満も顕《あら》わに言った。その横で、宵深がうんうんと頷いている。

「う……」

アイコンとはいえ確かにネットでそういった画像をUPするのは、あまり良いことではないだろう。宵深の写真なんか絶対に嫌だし、宮川だってダメだ。

そりゃ俺のだって嫌だけれど、まぁ原型をとどめないくらい修正しているのであれば、ばれやしないだろう。


だったら！　と、再び放課後家に来た宮川と宵深は、なんだかやけに楽しそうに俺にちょっとだけメイクをして、タオルを詰めたワイシャツの胸元を少しだけ開けさせた、酷い写真を撮った。

谷間を作るんだって言って、胸をガムテープでぎゅっとされたし、それでも飽き足らずに谷間の影を筆で描かれた。俺はもうお嫁《よめ》に行けない。

最悪最低な写真だったが、今の加工技術、アプリの力は恐ろしい。

若干作り物らしさは感じたけれど、顔に謎のキラキラを入れたり、目を大きくしたりしたら、すっかりわからなくなったし、そっちの方が女子高生らしいそうだ。

気が付けば元は俺とは思えない、ちょっと『扇情的』な、偽アカウントが爆誕してしまった。

勿論大きなサイズで見たら、色々とおかしな部分はあるだろうが、所詮はＳＮＳのアイコンなので、画像は粗《あら》くなる。おそらくばれることはないだろう。

「あとはこのアカウントを使って、私が『マネージャー』を釣り上げたら良いってことね」

三人で作り上げた、それっぽいアカウントを見て、宮川が言った。

この偽アカウントで、その『マネージャー』とコンタクトをとり、エリを誘惑している相手が誰なのか探り出し、阻止《そし》する計画だ。

勿論上手くいくとは限らないし、マネージャーを騙せたとしても、どこの誰なのか判明するとは限らないけれど。

それでもこのまま、エリが傷つくかもしれないのに、見ないふりをしたくはなかったのだった。

きっと自分自身が後悔するだろうから。

9

勿論、みんなそう簡単にはいかないだろうなと思っていた。上手くいきっこないって。それに宮川自身が危なくならないように、彼女にも無理はしないで欲しかったから。

だけど下心というのは、こんなにも愚《おろ》かなのだろうか？

『マネージャー』はうっかりあっさり、まんまとこの偽アカウントに引っかかった。

翌日、自信満々Vサインの宮川が、放課後夕べ数時間がかりのやりとりを見せてくれた。相手はあくまで『マネージャー』までで、『はらペコリ氏』までは、コンタクトできなかったらしいが。

けれどその内容は、エリへのものよりも赤裸々《せきらら》な内容で、未成年だとわかった上で、偽宮川をホテルに誘いだそうとしている。

吐き気のするような内容だった。

逆にこの『マネージャー』が悪事を働いていると確信できたことは良かったと、宮川は言った。仕方ないとは言え、こんな会話を何時間も続けるのはさぞかし辛かっただろうに……。

「ねえ見て。やっぱり私には顔をもっとちゃんと見せて、って言ってきてるんだよね」

エリの時は、まったくスルーだった『外見』が、宮川の時は気になって仕方ないらしい。

彼はしきりに、顔や体が写った画像を宮川に要求していた。

「まぁ、もしかしたら怪《あや》しんでるのかもしれないけど……」

宮川は初めのうちは『もうちょっと仲良くなってからじゃダメですか？』とかわしていたけれど、途中で諦めたように、数枚の画像を送っていた。

「宮川、これ……」

「大丈夫。この前撮った写真の一部。昴君の」

……ですよね。

「大丈……いや……まぁ、うん」

まぁ……編集してるし、ぱっと見で俺とはわからないだろうし、宮川の変な写真を送るよりはマシか……多分、おそらく、きっと……。

「一応、やりとり全部スクショして、所属事務所の方に問い合わせておいた。対応してくれるかどうかはわかんないけど、もし何人にも声を掛けてるようなら、注意喚起をしてもらった方が良い気がするの」

「やっぱり『はらP』は無関係だと思うんだけど」と宮川は言いつつも、はらペコリ氏の名前を使って、本当にマネージャーが悪事を働いている可能性もある。

写真の件もあるし、おそらくエリの直接の知り合いである『偽』マネージャーの仕業だろうとは思うが。

「でもエリ……完全信じ切っちゃってるみたいだから、たとえ公式からアナウンスがあっても信じなそう……」

宮川が盛大な溜息をついた。でも俺もそう思う。

「エリは……エリはさ、ただ、はらPが好きで、『好き』で仕方ないだけなんだよね。別にお金のことや、変な人と会うとか、問題を起こしたいわけじゃないのに……悲しいね」

「…………」

宮川の呟きが、俺の胸に刺さった。

宵深の手の熱が掌の中に蘇ったような気がして、俺はぎゅっと拳を握った。

ＤＭ相手が怪しいとわかって、大きく前進したような気はするが、だからといって何かを変えられるわけじゃない。

宮川には引き続き『マネージャー』と連絡を取って貰うことにして、その日はそのまま解散した。

今日は月が大きくて丸いので、カーテンを開けっぱなしにしていると、同じように宵深も寝る間際までそのままだった。会話はしなかった。

ベッドに入る前、窓越しに「おやすみなさい」だけ交わして電気を消したけれど、本当はもう少し話がしたかった。

例えば……そうだ、今日は月が綺麗だとか。

だから諦めきれずに、俺はカーテンを開けたままにした。宵深の部屋のカーテンは、しっかり閉められたままだったが。

明るい月の光が、眩《まぶ》しいぐらいに差し込んで来て、なんだか目がやけに冴えてしまった。

宵深はまだ起きているだろうか。

成り行きとはいえ宮川とエリの件で、なんだかなぁなぁのようにこの数日を過ごしてしまったけれど、俺は本当は、自分のことをするべきだったんじゃないだろうか？

宵深との関係だ。

何事もなかったように、宵深は俺の隣にいてくれているけれど、俺は茜音を傷つけて逃げた張本人だ。

茜音を一人にして、傘を取りに行ったのは宵深も一緒だ。俺が誘ったせいなのに、彼女がまったく責められなかったとは思えない。

結果的にとはいえ、俺は宵深に全部を押し付けて、その上そのまま二人のことを忘れてしまおうとした。

だからといって、何をどう話せば良いのかがわからなかった。

肝心の茜音はもういない。本人に謝ることはできない。

そしていつだって鏡に映る姿のように、或《ある》いは切り離せない影のように、双子は二人で一人の人間みたいだった。

そんな茜音の喪失《そうしつ》が、宵深に辛くないはずがない。

少なくとも今、宵深は何事もなかったように俺と過ごしてくれているのに、過去のことを引っ張り出して、宵深の心を乱すのは怖かった。

悪いことをしたら謝るのは当たり前だ。だけど謝罪させて欲しいという気持ちは、加害者の押し付けでもあると思う。

少なくとも、悪いことをした本人の罪悪感を鎮《しず》めるためのものじゃない。

宵深が触れて欲しくないと思っているなら、今はまだ黙っているべきなのか？

でもそんな考えすら、逃げる臆病《おくびょう》な自分の言い訳のようにも思えてしまう。

余計なことを考えてないで、さっさと謝ってしまえよ。怒られてしまえ——もう一人の俺はそう急かしている。

そうやって考えが延々ループしていた。

俺の望むことはシンプルだ。

宵深の側に居たい――ただ、それだけ。

きっとエリもそうなんだろうな。

お金のことや、ホテルに誘ってくるマネージャー。問題はゴチャゴチャしているけれど、エリ自身はただシンプルに、あの歌い手が好きなんだ。

彼に気が付いて欲しい、彼と話したい。自分の気持ちに応えて欲しい、多分それだけなんだ。

「……そんなに、いい歌なのかねえ」

俺は結局眠れなくて、宮川が送ってきた『はらペコリ』氏のPVのURLをタップした。

てか、そもそもなんだよ、その『はらペコリ』ってふざけた名前は。

とはいえ少し調べると、元々動画サイト出身の『歌い手』で、自分で作詞作曲と動画作成まで手がけるという、マルチな才能の持ち主だとか。

始まったPV動画は淡いトーンの水彩画タッチのアニメーションで、学制服姿の男女が、神社でお参りをしてるところから始まった。

曲のタイトルは『かみだのみ。』

二人は恋人同士ではなくて、『彼女』には大好きな『彼』が居て、『僕』は『彼女』が好きだった。

季節は春。葉桜の時季。今年は初詣《はつもうで》に行っていなかったという『彼女』を誘って来た神社。

『彼女』と離れるくらいなら、友達として側に居ることを決めた『僕』だったけれど、側に居るのはもっと辛い。

だから『彼女』を嫌いになる方法をいくつも考えては、神様にお願いしようとする『僕』。頼めるのは神様だけ。この一方通行の恋を終わらせて欲しいから。

けれどやっぱり怖くなって踏みとどまり、今度はなんとか『彼女』が自分を好きになってくれないか考える。

でもそれも願えないまま迷う気持ちが、一音、一音を置くようにとつとつと歌い上げられていた。

柔らかい歌声、少し掠れたささやくような声。

恋心を伝えてしまいたい『僕』の気持ちを何も知らずに、嬉しそうに『彼』の話をする『彼女』を見ているうちに、『僕』は神様にお願いをすることすら諦めかける――が。

――じゃあ神さま、明日の天気は雨にして

降水確率０パーだけど、どうか明日は雨にして
困るぐらいの土砂降りにしてほしい
そうしたら一人傘持つ『僕』は『彼女』を隣に呼べるでしょう
いいや、やっぱり夕立にして
ザっと降ってすぐ虹を見せてよ
最高の告白日和《びより》にして

「…………」


最初は少し女々しい歌だと思ったけれど、切ないだけ、優しいけれど寂しいだけの曲で終わらないところが、人気の理由なんだろうか。

そしてＰＶでは、結局雨は降らないけれど、それでも閉じたままの傘を手に『彼女』の元へ向かう『僕』が描かれている。

きっとそういう『動画ありき』な部分も含めて『はらペコリ』なのだろう。

他の曲も数曲見たが、同様にほんの少しの寂しさと、一途に誰かを大切に想う物語が、歌声と共に描かれていた。

俺の好みか？　と聞かれたら、そうではないと答えるけれど、だけどどの曲も素敵な曲だ。

そしてなんとなく、同じ曲が好きなんだから……と、宮川がエリを守りたくなる気持

ちが、なんだかしっくりきた。

そういう心の柔らかい部分を刺激するようなアーティストなんだと思う。そして宮川が、彼は絶対にそんなことしない！　と『はらペコリ』の無実を確信しているのも納得できる気がする。


翌日、宵深と登校してきた俺に、「おはよー」と声を掛けてきた宮川を、俺は呼び止めた。

夕べも雲一つない月夜だったが、今日も快晴だ。

「なに？　ＤＭの方はそんな進展――」

「やっぱり俺もう一回、金沢絵里と話してみるよ」

秋の香りがする風と、青空に背中を押されるように、俺は宮川にそう切り出した。

「え？」

「なんていうか……その、俺は別に『はらペコリ』のファンでもないし。金沢ともそんな親しくもないけど、だからこそお互い一歩引いて、冷静に話せるかもしれないと思ってさ」

突然どうしたの？　という表情で宮川が瞬《まばた》きした。夕べはらＰの曲を聴いたから、なんて言うのは恥ずかしくて、俺はそんな風に言い訳した。

「確かに……私や宵深から言われるより、ちょっと嫉妬心や対抗心みたいなのは薄れるかも。それに昴君も……うん。多分エリは好みの方向性だと思う」

と宮川は頷いた。好みはともかく、対抗心は湧きにくいのは確かだと思う。

昼休み、エリは教室の隅《すみ》で一人、ぼんやりセコマの安い菓子パンをかじっていた。百円ちょっとのでっかい高コスパデニッシュパンだ。

「やっぱり、昼代節約してるんだ」

そう声を掛けると、エリはぎゅっと表情をこわばらせた。

「本当に支払いとか大丈夫？　責めたいとか、呆れたりしてるんじゃなくて、金沢が困ってるんじゃないかって心配してるんだ。本当に」

俺は購買で一緒に買った、紙パックの珈琲《コーヒー》牛乳をエリに差し出しながら、やや強引に向かいの席に座った。

「…………」

彼女は一瞬拗《す》ねたように唇を尖《とが》らせてから、それでも珈琲牛乳を受け取って、俯く。

「ちゃんと払うわよ……お姉ちゃんに借りてるカードだから、使った分渡さないといけないし。でも貯金全部でもちょっと足りないから、親から貰ったお昼代も回してるだけ」

ぼそぼそと、エリは答えた。

話によると、残った昼食代は千五百円ほど。だから一食百五十円以下にして、授業が七限目まである日や、体育のある日だけは食べて、普段は水を飲むだけにしているらしい。

ひとまず支払いについての心配は解消された。気持ちとしては複雑ではあるが。

「でもさすがに……そこまでして投げ銭するのは、体にも良くないと思う」

思わず俺が顔を顰めると、途端にエリはうんざりしたように口を歪めた。

「あー、あー、わかってるよ。どうせ課金は自分で働くようになってからにしろ、とか言うんでしょ？」

「それは、まあ……」

「でも自分の働く時に、今みたいに好きで仕方ない推しが現れる保証はないし、『今』私には推しが必要なんだから仕方ないでしょ!? 生きるための心の栄養なんだから、お金かかってもしかたないじゃん！　そもそも転校生には全然関係ないことでしょ!?」

エリが怒気を強めて、俺を睨みながら言った。俺は別に怒らせたいわけじゃない。

「……どの曲が好き？」

「え？」

「俺、『かみだのみ。』が良かった」

「…………」

「最初、正直ちょっと期待してなかったんだ。でも宮川に薦められて、悪くないなって思った」

エリはしばらく俺を睨んでいたけれど、やがてふっと、諦めたように溜息を洩らした。

「……『かみだのみ。』切なくて良いよね。私も好き……じゃああれの『彼女』の方の歌、知ってる？　『ともだち。』ってやつ」

「知らない。え、それは……成就しなかったってこと？」

そんな、あんな『僕』の一念発起《ほっき》が実らなかったというのか……俺は思わず身を乗り出してしまった。

「ううん。そうじゃなくて……『彼女』はね、本当は『僕』が大好きなの。でもね、普段の『僕』のことが好きなの。好きだって打ち明けて、今とは違う関係になっちゃうのが怖くて、だから好きでも『友達のままがいいな』って思ってるの」

恋人になってしまったら、いつか嫌いになって別れてしまうかもしれない。

今とは違う部分が見えてしまうかもしれない。

本当に特別で大好きな人だから、歳を取って死んでしまうまで、ずっと一緒に居られる友達でいたい――そんな歌詞だと聞かされて、俺は思わず低く唸ってしまった。

「なんかこう……切ないな」

言い方が違うだけじゃないいんだろうか？　お互い好きなら、友達だろうと、恋人だろうと、結局は変わらないいんじゃないかって、俺はちょっと腑《ふ》に落ちなかった。

「でもさ、嫌いになるくらいなら、先に進みたくないっていうのわかる。私はむしろ友達関係がそうだから。嫌われるくらいなら、最初から仲良くならなくていいかなって思っちゃうから」

だから昼食も一人。彼女のアカウントを知る人も多くないのか。

顔も知らない男と会う勇気はあるのに、それ以外では臆病なエリのアンバランスさ。

「とにかく、世の中嫌なこと、自由にならないことばっかりだから……せめて好きなものぐらい好きにさせてよ」

でも……それでも彼女がはらPに傾ける情熱の形は、危うすぎると思った。

「だけど……お金のことだけじゃなく、もし今回変な男に瞞《だま》されて、酷い目に遭ったとして、この先同じように好きでいられるのか？」

「え？　そ、そんなの決まってるじゃん。そんな簡単に揺らぐような半端な気持ちじゃないから」

キッと今にも噛みつきそうなほど険しい目で俺を睨んで、エリはきっぱり言い張った。

「本当に？　今ですら他人と向き合うのが怖いのに、誰かに傷つけられたりして、その怒りを『推し』にぶつけないでいられるか？　思い出して怖くなったりしないって、本当に言えるのか？」

「だからなんで私が瞞されること前提なのよ⁉」

「瞞してないんだったら、陰でこそこそしないだろ⁉」

エリの勢いに押されるように、つい語気が強くなってしまった。そのせいか、エリは返事に詰まった。

「よく考えてみろよ。なんかあったら自分の体だけじゃなくて、その『推し』まで失ってしまうかもしれないんだぞ。金沢が置かれている状況は、そういう綱渡りだと思う」

エリは叱られたような拗ねた顔をしたかと思うと、じわっと両目に涙をにじませた。

泣かせたいわけじゃなかったのに。

「俺は……自分で好きなものを駄目にして、怖くなって遠ざけて……そのまま永遠になくしたんだ。忘れたふりをしていたけれど、やっぱりどうやったって好きだった人のことは心から消せない。そっくりそのまま姿を変えた罪悪感と後悔が、楽しい時でも蘇ってくる」

宵深のことを好きだと思う度、茜音の姿が脳裏をかすめる。

「だから、まだ間に合うなら……こんな最低な気持ちを金沢にさせたくない。ちゃんと冷静に考えてみろよ。あの『はらP』が、本当に陰でファンをホテルに呼ぶか？」

エリは更に、泣き顔をくしゃっとさせた。

ハンカチを渡したかったけれど、鞄の中に入れっぱなしで、手元にはなかった。

「でも……諦められないよ。私、はらPにもう三十万くらいつぎ込んでるの。幼稚園の頃から貯めてたお金全部」

「え？」

そりゃあ、一回の配信で五万円も投げるんだから、三十万という額は順当かもしれないが……そんな大金を？　と俺は愕然《がくぜん》とした。

「夏場の今は定期代もつぎ込んで、こっそり自転車で通ってる……ここまでしてるんだよ。ちょっとぐらいおかしいって思ったって、今更こんなところで諦められないよ……そうじゃないと、全部の意味がなくなっちゃう！」

確かに大金をつぎ込んで、何も得られないのは辛い。全部の意味がなくなるとエリが思う気持ちもわかる。

だけど。

「馬鹿なこと言うなよ。三十万なんて、三百時間ちょっと働けば良いだけだ。社会に出て、労働基準に引っかからずにホワイトに働いたって、二ヶ月で取り返せる額だろ⁉」

勿論実際働いて、簡単に貯められる額じゃないことはわかってる。

だけど、時間を掛ければ間違いなく取り返せる額だ。

「そりゃ……実際には二ヶ月じゃ無理だろうけど……でもそんくらいだ。金沢が元気だったら、そんな額また稼げる。よく考えろよ。金沢の方が何十倍も大切だって」

「……本当？」

え？　と驚いたように、エリが顔を上げた。きょとんとして。

「当たり前だろ」

「ど……どうかな。私、人からそんな風に言って貰えたの、初めてだから……」

そんな事、わざわざ他人に言われなくたってわかるだろう？　と思ったものの、それでもエリは急に憑物《つきもの》が落ちたみたいに、目元を拭いながら少し黙った。

でもこんなに当たり前のこととはいえ、他人に言われて改めて理解できる、なんてこともあるのかもしれない。

「だから変な誘いは断って、投げ銭ももう一度考え直してさ。少なくとも昼飯に、焼きそばパンくらい食べれるようにはなった方がいい」

「た……確かに……」

「あと……宮川、優しい良い奴だし、友達になれると思うけど」

すっかり素直に頷いていたのに、その提案はエリには少し不服だったようで、彼女はまた露骨に顔を顰《しか》めた。

「でも宮川、本気で金沢を心配して——」

「わかってるってば」

エリが遮った。不満げに眉を顰《ひそ》めるのは、今度は俺の番だった。

そんな俺を見てエリは少しだけ周囲の視線を気にするように、教室を見回す。既にみな食事を終えていて、あまり教室内に残っている生徒はいない。

俺達二人が話をしているのを不思議がり、こっそり聞き耳を立てているのかもしれないけれど、露骨にこっちを見ている生徒もいなかった。

「……はらPの曲は、いっつも片思いなの。大切な人を忘れられない気持ち。行き場もないし、苦しいのに、それなのに自分自身が『他の誰かでいい』っていう妥協を受け入れてくれない……ちょうど私の気持ちまんま。一方通行」

とつとつと、エリが胸の中に詰まった言葉を探しながら言った。確かに『かみだのみ。』もそういう歌だ。どうしても諦められない人を想った歌。

「私さ、志望校落ちたんだ。仲いい友達と三人で受験して、私だけダメだったの。それでも最初は連絡取り合ってたけど、だんだんあっちからは連絡が来なくなって……だからってこっちで友達作る気にもなれないの。だってそうしちゃったら、もうそのまんま、二人と友達じゃなくなっちゃうだろうし、私は絶対に裏切りたくなかったから」

だからたとえ孤独になっても、新しい友達は作らない。一方通行だったとしても。

それは寂しい期待というよりも、不器用に彼女の中の正しさが、新しい縁を受け入れることをよしとしない、できないからなのか。

「だけど、確かに宮川は『他の誰か』かもしれないけれど、彼女は金沢を傷つけたりしないし、裏切らないと思う。だから──」

「わかってるって言ってるでしょ……ひなのことは、もう少し保留にさせて」

いいや、わかってない。

お節介だとわかっているけれど、俺はもう一度、エリに向き合った。

10

放課後、エリから自分の所に来てくれたことに驚いて、宮川は何度も俺とエリの顔を見比べた。

「ど、どうして？」

「……だって昴君が……ひなが余計なことしてるって言うから……」

エリがふくれっ面で言った。

あの後、俺は宮川が『マネージャー』とDMをやりとりしていることや、運営に確認のメールを送ったと話したのだ。

「だってどうしても、そのアカウントのこと、信用できなくて……」

「どうだか。本当はあわよくば略奪《りゃくだつ》しようって思ったんじゃないの？」

「そんなわけ――」

意地悪そうに言ったものの、慌てて説明しようとする宮川を見て、エリは「いいから。わかってる」と遮った。

「はらPのSNS見た？」

「え？」

エリに言われ、慌てて宮川がSNSを開いた。

そこには『僕のマネージャーを名乗る人物が、僕が個人的に会いたいと言っていると、一部のフォロワーにDMを送っているという連絡が来ていますが、すべて偽物です。絶対に引っかからないようにしてください』と、はらペコリ氏本人から、直接注意喚起がされている。

「その後に『SNSではこう言ったけど、君だけは本当に特別だから信じてほしい』ってDMが来てた」

エリがどこか冷めた目で言った。

「私にも、届いてる」

そう言って宮川は、エリにマネージャーとのやりとりを見せた。

「てか……このアイコン誰？」

「昴君」

宮川が答え、いつの間にか俺の隣に来ていた宵深も俺を指さした。

「は？」

エリは一瞬俺を見て——けれど何も言うまい、という風にスマホに視線を戻した。

いや……むしろ何か言ってくれまいか……。

でもそんなことよりも、エリは宮川に来たDMを見るのに真剣だった。

画面に並ぶのは、エリの時とは違う、赤裸々で卑猥《ひわい》な内容だ。険しいその表情に、みるみる嫌悪が広がっていくのがわかる。

「偽造……とかしてるんじゃないよね」

「そこを疑われちゃったら、違うって証明はできないけど……」

「………」

宮川が困ったように答えた。

エリの表情は硬く、怒っているようで——でも不意にそれが剥《は》がれ落ちると、途端にくしゃっと泣き顔に変わった。

「……私のこと、バカだと思ってるでしょ」

「うん。思ってる」

宮川がきっぱりと言って頷く。

「でも私も同じ……バカになるくらい彼のことが好きだから、こんな酷いDMなのにさ、本当にはらPかも、はらPだったらいいのにって何度も思った」

ばつの悪そうな宮川が打ち明けると、エリも同じように笑って宮川にスマホを返し、そして二人はどちらともなく額を合わせ、寂しそうに笑った。

俺はほっとして、隣に立つ宵深を見た。

彼女の発案のお陰で、エリを『マネージャー』の魔の手から救うことができそうだから。

でも宵深は相変わらずの澄《す》ました顔で、嬉しそうでも、微笑んでもいない。むしろどこか退屈そうだ。

「じゃあ……もうブロックした方が良いかな。見ると気持ちが揺らいじゃうし」

自分のスマホを取り出して、それでもまだ、完全には諦められないんだとエリが言う。

「私もそうしようかな。はらPには通報済みだから、あっちは凍結とかされちゃいそうだけどね」

「いや、宮川は素直に削除してくれよ、そんな偽アカウント」

だめならせめてアイコンを変えてくれ。

憮然《ぶぜん》とする俺に、「なんで？　かわいいじゃん」と二人が笑う。いやいやいや、いやいやいや‼

それでも嫌がる俺を見て、二人の雰囲気がなんとなく和《なご》んだので、少しほっとした。

エリの態度がこのまま軟化《なんか》して、宮川と仲良くなれたらいい——なんて思っていた俺の横で、不意に宵深が「誰」と、ぽつり小さく呟いた。

「え？」

無口な宵深の囁くような声は、なぜだか不思議と周囲にかき消されずに通る。

エリと宮川が宵深に注目すると、宵深は僅かに眉間に皺《しわ》を寄せ、「他に話したのは、誰？」と言った。

一瞬、なんのこと？　と顔を見合わせたものの、それがエリのアカウントの話のことだと気が付いて、エリは「ううーん」と唸《うな》る。

「だから私、同担拒否勢だから……そんな同じくファンだからって、誰にでも話してたわけじゃないの。ひなの時はたまたま。はじめて推しが一緒の子に会ったから、つい興奮しちゃって……」

「だからその、同担拒否ってなんなんだよ」

思わず俺が顔を顰めると、宮川が「元々アイドル用語らしいんだけどね」と切り出した。

　同担拒否とは、同じ対象を応援するファンに、仲間意識ではなく嫉妬や反発心をもつことらしい。つまり独占欲のようなものか。

「私は同担歓迎派だから、すきー！　ってわちゃわちゃするのは楽しいけど、エリみたいなガチ恋タイプは、孤高《ここう》に愛を捧げるっていうか……」

「私、一途なので」

　エリが、ふん、と鼻を鳴らした。

　独占欲と聞くとちょっと面倒くさい気がするものの、一途と言われたらなんだか良いことのように聞こえるから不思議だ。

「じゃあ本当に eri-peco0704 ＝ 金沢絵里って知ってる人間は、他にいないってことか？」

「後は……そうだな、お姉ちゃんとか。お姉ちゃんも推しが生きがいタイプの人だから、私に理解があって……でもそんくらいだよ。親だって知らない」

　そういえば、支払い用のカードも姉のだと言っていたっけ。

「お姉さんが誰かに話したというのは？」

　宮川が問うた。

「お姉ちゃん私以上にコミュ症だし……ひなが誰かに話したんじゃなくて？」

「話してないよ。今回はちょうど配信見てる時に二人が隣に居たから、成り行きで！」

エリが非難がましい口調で言ったので、宮川は慌てて首を横に振った。

エリは「だったら、他に思いつかない」と言ったが、宵深は納得していない様子だ。

「でも、確かに『マネージャー』は知っているはず」

「そうかなぁ」

断言する宵深と、半信半疑というかほぼ信じていない様子のエリの間で、俺と宮川は困ってしまった。

だけど、だとしたらアカウントが外に漏れる状況ってなんだろうか。

エリの名前から連想するには、ありふれた名前。とくに◯◯ぺこは、ファンネームらしいので、なんなら『えりぺこ』が他にもいる可能性だってある。

「後ろの数字は？　なんで0704？　誕生日？」

「ううん。飼ってた猫のうちの子記念日。さすがに誕生日はベタでヤバいかと思って」

「………………」

だったら、ますますアカウントから直接エリを連想できる人は少なそうだ。

「人前で配信を鑑賞したことは？」

宵深に聞かれ、エリは首をひねった。

「人前って、どんくらい人前？」

「たとえば通学路、スマホを他人が覗き込めるような状況で……ってことだよね？」

宮川が代わりに答えると、宵深は頷いた。

「覗く……？」

　そこでエリは急に眉間に皺を寄せ——そのまま怪訝そうな表情で俺達を見た。

「……ねえ、マネージャーのアカウント、どうやって調べたの？」

「エリが見せてくれた時、宵深が覚えてたんだ」

「……私のアカウントも、覚えられたりする？」

「それは……金沢のは特に、俺でも一瞬で覚えられると思うけど」

「え？　ほんと？　数字まで？」

　エリがきょとんとした。宮川も「そうなの？」という表情だったので、逆に俺が困惑した。

「いや……だって、七月四日って、アメリカの独立記念日だろ？」

「へ？」

　エリはまだピンと来てない様子だったけれど、普通に世界史でやるし、映画が好きな人は覚えやすいんじゃないだろうか？

「『7月4日に生まれて』とか、知らない？　トム・クルーズの映画。あと『インデペンデンス・デイ』とか。宇宙人の奴……まぁどっちももう古い映画なんだけど」

　二人はますます「？」という顔をした。まぁ、正直言えば俺も見てはいないけれど、死んだ母親が映画好きな人だったので、家に映画のＤＶＤが何本もあったから、その背表紙をよく覚えてる。

「でもとにかく、ちょっと映画が好きだったり、ちゃんと世界史とかに興味ある人間には覚えやすい数字だと思う」

「…………」

エリが一瞬考えるように俯いた。

「エリ？」

心配そうに宮川が声を掛けると、顔を上げたエリは「そんなはずない」と呟いた。

「……だって、そんなわけない。そんな……私を騙したり、変なＤＭ送ってくるような、そんな人じゃない」

信じられないという風に、エリが首を横に振りながら言った。

「誰？」

宵深が再び、じっとエリを見つめて問うと、エリはきゅっと唇を噛んでから、諦めたようにまた俯いた。

「……先生、塾の」

「塾って……この前の、夏期講習の？」

宮川に聞かれ、エリは渋々といった調子で小さく頷く。

「夏休み中、塾で夏期講習受けたの。マンツーマンの。そん時の先生……優しくて、話しやすくて……そんで私、投げ銭でもうカツカツで、通帳の残額見る度に吐きそうになってた頃だったから、先生にちょっと……」

別にお金を借りようとか、そういうことではなく、ただ相談しただけだとエリは言った。

投げ銭はやめようと思うのに、どうしても我慢できない。気が付けば額は増えていく。配信を見ないようにとも考えたけれど、アーカイブを確認する度、自分がそこにいないことに後悔と敗北感が募った。

「その説明をした時、先生が『そんなにお金を？』って言うから……投げ銭の履歴を先生に見せたんだけど、その時、アカウントも表示されていたと思う……けど」

こわばった顔で言ったエリは、それでも信じられないという様子だ。

だけどその塾講師なら、エリが誰のファンなのか、どれだけ彼に執着しているか、エリの置かれた状況なんかも把握できていることになる。

そしてわざわざ、エリの容姿を、事前に画像で確認する必要はない。

何故なら、既に知っているのだから。

「でも、先生が『マネージャー』だなんて、そんなはずない。だって、だって先生、女の人だし！」

「あ……そうなんだ」

「そうだよ！　本当に私の相談を真剣に聞いてくれた、優しい女の先生なんだよ⁉」

てっきりその塾講師が男性だと思っていた俺は、肩透かしをくらったように宵深を見た。

「エリが瞞されやすそうなのは確か」

そんな俺とエリに、宵深はあっさり答える。

「瞞されやすそうって何よ⁉　だから、先生はすっごくいい人なんだってば！　私、マジでそのまま先生に教わりたかったぐらいなんだから！」

「うーん。でも……まぁ、確かに女性から女性への性被害がない……とも言えないし、お金目当てかもしれないし、他の変な男への仲介役かもしれないし……」

訴えるエリの圧の強さに押され気味な、幾分歯切れの悪い口調ながらも、宮川も神妙な表情で言って頷いた。エリは馬鹿にされたと腹をたてているけれど、申し訳ないが俺達もエリはなんというか、純朴《じゅんぼく》？　なところがあると思う。

「じゃあわかった、私が瞞されやすいとしても、でも真鍋《まなべ》先生は絶対にそんなことしないから！　それだけは絶対に間違いないから！」

「だったら、調べてみたらいい」

きっぱり断言するエリに、宵深はどこか面白がるように、ゆっくり瞬きをして言った。

11

憮然とした表情で俺達を通っていた塾に案内したエリは、到着ギリギリまでずっと「絶対に違うから」と言い張っていた。

塾は所謂《いわゆる》『マンツーマン』タイプの大手学習塾で、講師の人数も多いそうだ。

エリを担当した先生は、真鍋明美《あけみ》という二十代の女性講師で、エリの話では『イイオンナの匂いがする、美人講師』らしい。なんじゃそら。

そうこうして塾を訪ねると、一席ずつパーテーションで仕切られた教室から、柔和《にゅうわ》そうな女性がエリに気が付いたように顔を出した。

「あら！　金沢さん。どうしたの？　通ってくれることになった？」

後ろで一つに束ねられた長い髪と眼鏡、色白で服装も簡素な清楚《せいそ》系というか、真面目そうな印象だが、確かになんだかいい匂いのする女性講師の真鍋先生は、エリを見てぱっと笑った。

確かに……エリの言うとおり、あの『マネージャー』に何らかの関係がある人、とは思いがたい印象だ——もしかしたら、俺も単純で瞞《だま》されやすいのかもしれない。

でも宮川も隣で同じことを考えていたのか、びっくりしたような表情で、俺にアイコンタクトを送ってきていた。

「お友達は見学に？」

先生は俺達を見て、笑顔のまま聞いてきた。

「あ……いえ……、あの、でもちょっと……先生に、相談したいことがあって……」

エリは慌てて、しどろもどろで答えながら、チラチラ宵深を見た。

考えてみたら、いざ塾に乗り込んで、この先どうするかは話し合っていなかったのだ。

「相談って……もしかして前に話してくれたこと？」

それでも先生は迷惑がりもせず、疑いもしない様子で、むしろ急に心配そうな表情で、エリに聞いた。

先生も俺達を横目で確認しながらだった。『相談』はつまり、前にエリが先生に話した推し活のことだろう。俺達の前で話して良いのか？　っていうそんな表情で、やっぱり俺も真鍋先生が悪い人には思えない。

「あの……はい、そのこととか、ちょっと……あ、でも、お金を貸して欲しいとか、そういうのじゃないですから！」

「良かった。実はずっと心配してたの。どうなっちゃったのかなって……とにかく、ちょっと休憩室に行きましょうか」

エリの答えに、先生はちょっとほっとしたように言った。俺はもう一度宵深を見た。

「ひな。ＤＭを送って」

けれど宵深はエリではなく、宮川に指示した。

「え？」

「『彼』にＤＭを送って」

「『彼』――ああ、彼、彼にね。でもなんて？」

「なんでもいい。警戒されすぎないような――そう、ハートやキスのスタンプでいい」

困惑しながらも、「わかった」と言われるまま宮川がスマホを操作する。

——ぴこん。

その時、目の前の真鍋先生からではなく、これから向かおうとしている休憩室の方から、ＤＭの受信を告げる通知音がした。

「もう一度」

宵深が言った。

一呼吸置いて、また『ぴこん』と通知音が響いた。

「もう一度」

……ぴこん。

「もう一度」

……ぴこん。

「もう一度」

五回目の通知が響く時、俺達は休憩室にたどり着いた。

休憩室では自動販売機の前、ソファに座ってスーツ姿のひょろっとした青年が一人、エナジードリンク片手に、ニヤニヤ笑いでスマホを眺めている。

休憩室にいたのは彼の他に、男子生徒が二人。ゾロゾロやってきた俺達に、青年より先に気が付いた二人が、怪訝そうにこっちを見た。

「ひな、もう一度」

宵深が言った。宮川はもう困惑ではなく、怒りを顔に浮かべてスマホをタップした。

ぴこん、と、目の前の青年のスマホからまた通知が聞こえる。

そこでやっと青年は俺達を見て――虚を衝《つ》かれた彼は不思議そうな顔をした後、ややあって自分の置かれた状況に気が付いたのか、その顔からみるみる笑みが消えていった。

「ど、どうしたの？」

一人置かれた状況がわからないように、真鍋先生がきょとんとした。

宵深が宮川の手からスマホを取り上げ、素早く何か打ち込んだ。


『見ぃつけた、マネージャー』


ぴこんという通知が青年の手にしたスマホから確かに聞こえ、彼は凍り付き、跳ねるようにソファから立ち上がった。

「今すぐ他の職員を呼んできてください」

宵深が男子生徒に素早く言う。と、二人は「え？」と驚きはしたものの、トラブルの気配を察したように、足早に部屋から出て行った。

「あの……いったいどうしたの？」

状況を飲み込めない真鍋先生が、おろおろしたように、俺達と青年を見た。

「ご、誤解なんです、これは……」

「彼に金沢さんのことを話しましたか？」

青年が何かを言い訳しようとしたけれど、宵深はそれを無視して真鍋先生に問うた。

「あ……」

真鍋先生の視線が一瞬泳ぐ。

「したんですね」

「……ええ。でも、他にも言いふらしたりとかしたわけじゃないの。ただ私、金沢さんが好きな、その……『配信』とかには疎かったから、パソコンに詳しい長谷山《はせやま》先生だったら、なんとかする方法がわかるんじゃないかって……」

エリが短く息を吐いた。失望か安堵かはわからなかったけれど、その両方かもしれないと思った。

「どうしたんですか……？」

そこに体の大きな先生が、先ほどの生徒二人に呼ばれて入ってきた。

体育教師なのか？　と思うような筋肉が白いワイシャツの上からでも見て取れる。これは用心棒に最適な人選だ。俺は心の中で、呼びに行ってくれた二人に感謝した。

「青少年保護育成条例違反です」

エリが真鍋先生と筋肉先生の二人に答えた。

「違います！　そんなことしていないです！」

長谷山先生と呼ばれた青年が大きな声で否定する。

「違いません。頻繁《ひんぱん》に二人にメールを送ってきているんです」

宵深が宮川のスマホをかざして二人の先生に言う。

「違うんですよ！　僕は瞞されただけです！　連絡してきたのは彼女の方で！　こんなのハニトラです！」

なおも長谷山先生は食い下がった。

真鍋先生がエリを見ると、エリは首を横に振った。

「自分は、『はらぺコリ』のマネージャーだから、一度会おうって、あっちからメールをくれたんです。だから変だなって思った友人が、彼にメールはしました。でも、瞞そうと思ったわけじゃないです」

エリが答えると、真鍋先生は険しい顔で頷いた。

「彼女はこう言ってますけれど、それでもハニートラップだなんて仰るんですか？」

真鍋先生に問われ、長谷山先生は神妙な面持ちで頷く。

「このぐらいの子供は、大人に都合よく嘘をつくものです。それに僕はメールを返しただけですよ。それだけです。二人に実際に会ったりはしてない」

それは罪にならないというように長谷山先生が言う。

「でも、写真を欲しがりましたね？」

けれど宵深は、口の端にうっすら笑みを浮かべて言った。

「先生？　北海道青少年健全育成条例、第三十八条の二です。令和二年から児童ポルノ等の提供を求める行為は禁止されているんですよ」

悪魔のように囁いた宵深を前に、長谷山先生の顔がみるみる蒼白する。

「べ、別にあれは、ただ顔の写真が欲しかっただけです。瞞されているかもしれないと思って、それで――」

しどろもどろで言う彼を前に、宵深は軽く首を傾げた後、宮川のスマホを見下ろす。

「『うわ〜、もしかしてけっこうおっぱい大きいのカナ？　もうちょっとはっきり見たいな。顔もだけど、おっぱいの方も――』」

「誤解ですよ！　僕じゃない‼」

聞くに堪《た》えない文章を、宵深が棒読みしはじめるのを、長谷山先生が叫ぶように遮る。

宵深の口からそんな言葉を聞きたくなかった俺は、少しほっとした。

でも周りはエリと宮川だけでなく、二人の先生の顔に浮かんでいるのは怒りと嫌悪だ。

「乗っ取りです！　これはアカウントを乗っ取られていた時のメールです！　本当に僕じゃないんです！　子供の言うことですよ⁉　そうだ！　バカ女がネットの素人歌手に何十万もつぎ込んで、それでお金に困ってるんです！　だからこうやって僕を陥《おとしい》れて、お金を巻き上げようとして――」

同僚の顔に浮かんだ侮蔑《ぶべつ》。長谷山先生は顔を真っ赤にして、エリを指さしながら言った。が、筋肉先生はその手首を摑み、ぐいぐい強引に下げさせる。

「そういうことであれば、一緒に警察に被害届を出しに行きますか？」

「……へ？」

「ここで騒いでいたら生徒が心配しますし、貴方もお困りなら法律に任せた方がいいです。警察までご一緒しますよ」

「そうですね。長谷山先生が瞞されているのであれば、それはちゃんと警察で説明すべきですね。無実であれば、そこで証明できると思います」

筋肉先生と真鍋先生が、冷ややかに言った。

「そんな……本当に嵌《は》められたんだ……」

呆然とした表情でへなへなと長谷山先生が床にへたり込む。

宵深はその耳元に、そっと唇を寄せた。

「もっとそういう顔を、見せてください。二人を瞞した貴方の苦しむ表情が、エリ達の良い薬になる——さあ、みんなの前で泣いてくださってもいいんですよ？　貴方はこれから、たくさんの物を失うんですから」

宵深が残酷なほど、綺麗な笑顔を浮かべて言った。

「ひ……い、いいい……」

彼はまるで叱られた小さな子供のように、床で膝を抱え、縮こまった。

12

この期に及んで往生際の悪かった長谷山先生のせいで、結局塾では警察を呼ぶ騒ぎになった。

「ほらね？　だから真鍋先生は悪い人じゃないって言ったでしょ？」

そう後からエリはドヤ顔で言ったが、確かに一連の騒ぎの中で、真鍋先生は真摯《しんし》に、そしてエリを守るためにきちんと対応してくれた。

もしかしたら、責任を感じていたのかもしれない。

真鍋先生が言ったとおり、エリからの相談に困った彼女が長谷山先生に打ち明けたことで事件に発展したのだから。

真鍋先生は、最初エリからの相談を放置できなかった。

彼女のアカウントはこっそりメモしていた。インターネットで検索すると、ＳＮＳの方はすぐに見つかって、そこに綴られたエリの『はらＰ』への思慕や、葛藤を目の当たりにし、先生はこのままにできないと思った。

とはいえ、両親には内緒にして欲しいと言われている。

だからまず、彼女は同じ塾の講師で、インターネットにも詳しい長谷山先生に声を掛けたのだった。

この時、彼女は実際にＳＮＳの画面を彼に見せてしまった。

そこで長谷山先生は、エリのアカウントを知ったのだった。

真鍋先生からの相談に、彼は『わりとよくあることですよ。お金の絡むことですし、そこは親にしっかりしてもらえばよいと思います。僕達が関わることじゃないですよ』と言ったそうだ。

課金トラブルは結局親の監督不行き届きが原因。支払いのことで結局親と話し合うことになるでしょうし、自分達が心配しなくても大丈夫。

それに下手に止めようとすると、逆に反抗心をもちやすい年頃だから、様子を見た方がいい。

そう言われて、確かに……と思って、真鍋先生は心配しつつも深追いするのを止めた。

夏期講習が終わって、エリが塾に来なくなったというのも大きな理由だったのだろう。

けれど長谷山先生はそうじゃなかった。

真鍋先生から相談を受けた彼は、すぐに塾の受講者の資料からエリを見つけ出した。

そこには受講生の顔写真があった。

確かに夏期講習の生徒の中に、彼女の姿があったことを覚えている。

チャンスだと思った彼は、そのままネットでエリのアカウントを検索し、その動向を追った。

先日の配信でエリが『私も札幌に住んでます！』と投げ銭のコメントで確信を得ると、彼はマネージャーを装《よそお》って連絡を取り始めたのだった。

「下心はなく、ゲーム感覚でした」

と、彼は釈明していたが、それを信用する者はいなかったし、その後の宮川とのやりとりの説明がつかない。

彼がエリと宮川に送っていたＤＭには、しきりに彼女たちと二人だけで会って話したいと、市内のホテルが指定されている。実際は歌い手のマネージャーでもない彼のその意図は明白な上に、彼は他にもＳＮＳ経由で未成年者にメールを何通も送っており、いくつもの余罪があったらしい。

瞞されただの、嵌められただのという反論も空《むな》しく、彼は青少年健全育成条例違反で逮捕されたのだった。

ただ、エリ達のショックは、それだけでは済まなかった。

大手塾の講師が、受講生徒相手に淫行《いんこう》を働こうとした事件を、世間は放っておかなかった。

けれど塾側がおかしな隠蔽《いんぺい》はせず、早い段階で謝罪をし、再発防止に努めるとアナウンスしたこと、同僚塾講師が異変に気が付き、生徒を守るためにすぐに通報したことを、逆に好印象と捉える人も少なくなかったらしい。

SNSは最初少しざわついたものの、大きな炎上騒ぎのようなことにはならなかったのだが。

この事件が報道されたのをきっかけに、『投げ銭トラブル』なんて言葉が、数日SNSのトレンドから消えなくなった最中のことだ。

長谷山氏が彼の『マネージャー』を名乗っていたことで、無理矢理世間に引きずり出される形になったはらペコリ氏が、結婚したことを発表したのだった。


『ファンのみんなは僕にとって大切な仲間です。親友のような存在です。

でも残念ながら恋じゃないです。

奥さんは僕がずっとずっと十年以上思い続けて、想いを歌い続けて、そうしてやっと願いが叶った相手です。

僕にとって愛おしいのは彼女だけです。

僕は奥さんも友達も、傷つけるようなことは絶対にしません。

だから皆さんにはこれからも一緒に笑って泣ける友達でいて欲しいです』

『ガチ恋商法』なんて言われ方をしていることへの反論も兼ねたその発表は、『ファン』

ではない俺にしてみたら、むしろ男らしい誠実な発表だと思ったけれど、彼のことが好きだった宮川とエリは、まさに阿鼻叫喚《あびきょうかん》だった。

「十年って……じゃあ私達、ずーっと嫁への必死なラブソングを聞かされてたってこと？　キモッ！」

「そりゃ浮いた話題も出ないわけだわ。片思いで十年とか……言葉が重いわけだよ」

放課後、どちらが声を掛けるでなく、駅の近くのファミレスに集まった俺はエリと宮川が、心底がっかりした表情で言うのを見て苦笑いしてしまう。

「でもかっこよくないか？　純愛を歌いながらファンに手を出す人よりも、ひたすら一途な青年で」

なあ？　と隣に座る宵深に声をかけたけれど、宵深は澄ました表情のまま、返事をしてくれなかった。

無視されたのか、お子様メニュー表の間違い探しに夢中だったせいかはわからないけれど、俺は後者だと思うことにした。

結局俺がどう慰めようと、二人の溜息は止まる気配がない。

エリは課金のことが両親にバレてしまったし、なんだかんだで今回のことでちょっと冷めてきていたようで、受け入れられそうだ。

けれど宮川はショックでしばらくは立ち直れなそうな勢いだ。

別に実際に推しと恋愛が成就するとは思っていなかったみたいだし、推しにも人生があることくらい、宮川ならわかっていると思うのに、その落ち込み方に驚いたが、そんな宮川を今度は逆にエリが心配する構図が微笑ましい。

きっとこっから先は、俺が口出しすることじゃないだろう。

それより、俺が気にしたいのは、やっぱり宵深のことだ。

あの塾で見せた、別人のような宵深の姿を思った。

宵深も茜音も昔から聡明だったと思う。でも宵深はいつも大人しく、茜音に従うばかりだった。

感情がないわけじゃない。

だけど嬉しい時、楽しい時には笑顔を見せることはあっても、宵深はいつも冷静な子だったし、あんな風に笑うのを、俺は知らない。

それとも、俺はもともと双子について、なんにも知らなかったんだろうか。

それに宵深は俺をどう思っているのだろう?

本当は怒っているのか、それとも……。

そう思って盗み見た隣に座る宵深の顔は、幼い頃から好きだった人形のようだ。

真剣に間違い探しをしているのか、時々眉間に皺が寄るのが可愛い。

そんな俺の視線に気が付いたように、宵深が顔を上げて俺を見た。

その口元に少しだけ笑みが浮かんだように見えて、俺はそれだけで飛び上がりたいほど嬉しくなったのだった。

第２話

恋と餃子

1

転校してきて、明日で二度目の土曜日が来る。

初《しょ》っぱなからのバタバタのせいか、気が付けば昼食は毎日宵深と宮川、そしてエリと摂るようになっていた。

周りに女子ばかりという状況が、他の男子からどう映っているのかは気になるが、少なくとも宮川が勝手に広めた『親の事情で離ればなれになっていた幼なじみ二人が、まったく偶然に同じクラスになって再会した』という運命的なエピソードのお陰か、幸い周囲から冷たい視線は感じない。

俺は多分、誰がどう見ても宵深が好きだ。

そして宵深は、いつもありとあらゆることに対して『どこ吹く風』って感じだ。

『可哀想に。転校生頑張れ！』

という、クラスメイトの優しい後押しを日々感じるし、宮川とエリが一生懸命キューピッド役を務めようとしてくれる空気もあって、ひとまず他の男子から嫌がらせを受けるだとか、そういうこともないのだが。

ただ俺自身は、そろそろ男友達が欲しいな……という気持ちになっていた。

なのに登校して、授業を受ける横顔や、こうやって隣に座って焼きそばパンを囓《かじ》る宵深は可愛い。

厚みのあるパンを、小さな口で一生懸命食べている様は、小動物的な愛くるしさがある。

結局俺は、毎日『友情』より、『恋心』を優先してしまっていた。

ほぼ毎日会うのに、宵深は毎日新鮮に可愛いのだ。

もう本当にずっと眺めていられる――。

「…………」

と、俺の視線に気が付いたらしい宵深が、さすがに『なあに？』という風に俺を見た。

「た、たまには違うパンを食べてみないんだ？」

その視線に、若干の非難が含まれていた気がして、俺は慌ててそう言い訳する。

「…………」

俺に指摘されて、宵深は黙ったまま自分の食べていた焼きそばパンを見下ろす。

「あ、いや、本当に飽きたりしないならいいんだけどさ、他にも美味しいパンがあるよっていうか……」

「別に好き嫌いじゃないんでしょ？　もっと野菜食べなさいよ、野菜」

どうやら同じ意見だったらしいエリが、自分のお弁当箱からミニトマトをひょい、とお弁当カップごと宵深の前に置いた。

「じゃあ、私の卵サンドもあげよう、めっちゃ美味しいぞ」

宮川も便乗するように、小さめなサンドウィッチを一切れ差し出す。

今週の宮川家のお弁当当番は宮川なのだ。

「関西風なんだ？　卵焼きを挟むタイプの」

北海道で卵サンドは、ゆで卵を潰してマヨネーズで和《あ》えたものが主流なのだと思っていたけれど、宮川の卵サンドは薄めの卵焼きを挟んであった。

「うん。うちお母さんとお姉ちゃん、マヨネーズ嫌いなの。気になるなら昴君にもあげよう」

そう言って宮川が俺に一切れ差し出してくれた。

悪いなと思いながらも、確かに俺もそんなにマヨネーズが好きなわけではないので、宮川サンドウィッチはちょっと気になる。

一口囓《かじ》ると、バターのいい香り、そしてしっかり濃厚な甘さ。卵はふんわりというよりは、パンを囓っても崩れない、しっかり適度な弾力がある。

「……美味しい。甘い奴だ。バターで焼いてる？」

「うん。あと練乳入れる」

なるほど、練乳か。

「どうりでなんか、こくがあるっていうか」

「お父さんは黒こしょうを散らして食べるんだけど、それも美味しいみたい」

「へー」

俺も毎日購買では飽きるし、今度自分でも作ってみよう……。

そんな俺の横で、宵深も宮川サンドを囓った。

もふもふと食べている宵深は可愛いので、俺と宮川はつい笑顔になってしまう。

「どお？　美味しい？　たまにはいいでしょ？」

嬉しそうに問う宮川に宵深が頷くと、宮川はますます嬉しそうにえくぼを浮かべ、にーっと満面の笑みで俺を見た。

「ちょっと、あんたミニトマトもちゃんと食べなさいよ」

エリは結局宵深が手を付けようとしないミニトマトを見て、憮然と眉間に皺を寄せる。

宵深はそのまま俯いて、トマトは断固として食べなかった。嫌いか？　嫌いなのか？

「茜音もトマトは嫌いだったけど、宵深もなんだ。やっぱ双子だねぇ」

と宮川が思い出したように、少し寂しげに言った。

茜音もトマトは嫌いだったんだ。俺はそのことすら知らなかった。

「トマト、栄養たっぷりなのに」

まったくもう、とエリがミニトマトを自分の口に運ぶ。

「家ではどうなの？」

飲み込んでから、エリが唐突に問うた。

宵深が何のことかというようにエリを見た。

「いや、家だと何を食べてるのかと思って。お父さんと二人暮らしって聞いたから」

「週に一度、家政婦さんが」

「家政婦さん来るの？　毎週来てくれるなら安心だねぇ」

宵深が料理してるところが想像できなかったとエリが言ったが、確かに俺もそう思った。

「じゃあ、毎日の食事は温めるだけなんだ？」

「今日は、カレーの日」

宮川に言われ、宵深が頷いて言った。

「カレーの日って、海軍みたい。カレーの日だけは毎週決まってるとか？」

「全部」

「全部？」

「決まってるの」

「決まってる？」

言葉少ない宵深の返事を復唱し、エリは最初意味を計りかねていたが、隣にいた宮川の方がはっとした。

「……え、それは、ずっと毎週メニューが同じってこと？」

「え？」

驚く俺達に、宵深はこっくりと頷いた。

つまり、毎週金曜日はカレー、土曜日は生姜焼《しようが》き……とか、そういう意味だろうか？

「ずっと？　お母さん離婚してから？」

また頷きが返ってきた。

「お父さんは嫌がらないの？」

「なんでもいいって」

「だからって……」

確かにそれなら、作る方は悩まなくて良いかもしれないが、宵深とお父さんは、ずっと七種類のメニューをローテーションしていることになる。

「え……あ……いや、まぁ……宵深本人がそれで大丈夫だって言うなら、いいんだけどさ……」

エリは喉元《のどもと》まででかかった困惑や否定の言葉を、無理矢理飲み込んだようにして、引きつった顔で言った。

気持ちはわかる。俺も違和感を覚えたからだ。とはいえ、安易に他人の俺達が口を出すことなのかという葛藤《かっとう》もあった。

「……昴君、明日予定ある？」

思わず黙ってしまった俺達だったが、不意に宮川がそう言った。

「え？　俺はとくに……」

「エリも大丈夫？」

「土曜日はへーき」

エリの答えも返ってきたので、宮川は少しだけ宵深の方に身を乗り出した。

「宵深も大丈夫ならさ、明日のお昼、昴君の家のキッチン借りて、餃子《ぎょうざ》パーティしない？」

宵深のご飯ルーティーンに、餃子の日がないならだけど……と宮川が言い添えると、宵深は小さな声で「ない」と言った。

「いいけど……なんで餃子？」

「私、餃子を包むのが上手いんだ。それに、トマトも入ってないし」

首を傾げた俺に、宮川はちょっとドヤ顔で言った。

まぁトマト餃子が存在しない訳ではないだろうけれど、確かに通常のメイン食材ではないし、食べたい量だけ食べれば良いし、作る工程も楽しいのが餃子だ。

「いーんじゃない？　割り勘ならそんな高くならないだろうし、ホットプレートで一度に焼けるし」

エリも名案という風に頷いた。材料費も割り勘すれば、一人五百円もかからないだろう。

「あ、あとニラとかニンニクは入れないで欲しいな」

次の日予定があるからと、エリが言った。

「じゃあっさり系がいいな。レタス餃子は？」

「ええ？　レタスで餃子作るの？　キャベツじゃなくて？」

俺の提案に、宮川とエリの二人が「？」という顔をした。

「うん、美味いよ。豚肉も控えめで、レタスメインで作るから、香味野菜も少なめで済むし」

「へー、じゃあそうしよ。あと宵深は何かリクエストある？」

そう宮川に改めて聞かれて、宵深は首を振った。でもなんとなく、その表情は嬉しそうで、俺は俄然明日の昼食が楽しみになったのだった。

2

そんなこんなで、翌日の午前十一時、さっと近所のスーパーで材料の買い出しをした俺達は、キッチンでわいわいと餃子の用意を始めた。

上ではまだ芽生花ちゃんが眠っているので、騒ぐのは申し訳ないと思ったが、事前に確認をしてあるし、本人からも「私、騒音とかマジでまったく気にならないから大丈夫よ」と言われた。

でも多分本当にそうだと思う。芽生花ちゃんはちょっと……繊細《せんさい》の反対という感じだから。

「昴君ってさ、わりとちゃんと料理するよね」

レタスをザクザクと粗いみじん切りにしていると、エリが怪訝そうに言った。

「まぁ……普段から家でやってたし」

「昨日の私の卵焼きの作り方にも食いついていたしね」

うんうん、と宮川も頷く。

「うちの父さんは家事全然だし、育ての親も掃除は好きだけど、料理はまったくで。だから母さんと二人で料理の本読んだり、ネットで見ながら一緒に作ったんだ。でも妹は小さくて、すぐ泣いたり抱っこだったから、必然的に俺が作ることが多くなった」

レタス餃子も、そんな中で生まれたメニューだ。レタスとキャベツを間違えて買ってしまって、俺も母さんも『レタスだとダメな理由』がわからないから、そのままレタスで作ったのだ。

その後、挽肉《ひきにく》の量だとか、色々改良を加えた結果、我が家の定番メニュー化した。

宮川はへえ、と言った後、宵深を見る。

「宵深の知らない、昴君だね」

「…………」

宵深はこっくりと頷いたけれど、その表情から何を考えてるのかはわからなかった。

レタス餃子の美味しい作り方は難しくない。

レタスはとにかく水分が多い。だから火を通しすぎないこと。しゃきしゃきという食感を楽しむくらいで焼きあげることだ。

だから挽肉の量はごく控えめ、刻みネギと香味野菜をお好みで、後はあんにごま油と片栗粉を少し。

それを粗みじん切りしたレタスを加える。あんの雰囲気としては、みじん切りレタスに軽く他の具材がまぶされているような、そのくらいの割合がいい。

「火が通りやすいように、みちみちに詰めない方がいいんだ。普段より少し平べったくする気持ちで」

「こんなん?」

さっそく包む係の宮川が、手際よくあんを餃子の皮で包んだ。

「宮川……本当に餃子包むの上手いな」

「プロか」

隣で同じように詰めようとしていたエリが、宮川の餃子の仕上がりに驚きの声を上げる。

器用に片面にだけひだをつけて包んでいるのだが、それが本当に匠《たくみ》の技だ。

「うち、お父さんが餃子大好きで、子供の頃からよく餃子祭りが開催されるわけよ。お誕生日とか、何でもない日でも。二百個とか包む」

「二百個も?」

「うん。その代わり餃子だけしか食べないの。焼いたり、揚げたり、水餃子にしてさ」

さすがにそれだけ作り慣れている先鋒《せんぽう》・宮川のお陰で、包むのは女子に任せて大丈夫そうだ。

俺はその間に洗い物や、芽生花ちゃんが買ったけどほとんど使っていないという、オシャレ系ホットプレートの準備をする。

「宵深、包み方教えてあげよっか」

そんな俺の後ろで、宮川が言った。

「こう、詰め始める方にあんを寄せて、指の中に小さなひだを作ったら、それをぎゅって口を閉じるように押し付けるの」

宮川のは店で食べる餃子みたいだ。

その詰め方を真剣な顔で習う宵深が、洗い終わった銀色のボウルに映っている。

「おはよ……」

その時、眠そうな顔をして芽生花ちゃんが起きてきた。

「あ、お邪魔してまーす」

宮川とエリが餃子片手に言うのを聞いて、芽生花ちゃんは「ああ、餃子パーティって言ってたっけ」と呟きながら――キッチンを見渡した後、俺を見て眉を顰《ひそ》めた。

「女の子ばっかりとは、あんた……」

「たまたまだよ」

呆れたように言われたが、別に他意はない。全くない。

「それより、結構多めに用意してるから、芽生花ちゃんも食べる？」

「え？　いいの？」

「勿論です！　キッチン使わせて貰ってるし」

宮川達も快諾してくれた。

リビングテーブルの所にホットプレートを移動させ、餃子を並べ、焼き上がりを待つ。

「宵深はコアップだったよね」

そう言って、彼女の大好きだった、よく冷えたガラナの缶を手渡す。

「……ありがとう」

宵深は一瞬戸惑うような表情をしたけれど、それでも受け取って微笑んだ。

でも渡してから、ガラナが好きだったのは宵深ではなく茜音の方だったと思い出す。

双子は好みが似ているとはいえ、間違えてしまったことにズンと罪悪感を覚えながら、俺はせっかくの楽しい気分に、自分で水を差してしまったと後悔した。

3

「うっま！　なにこれ！」

あふあふと一口食べて、エリがお世辞とは思えない調子で言った。

「酢ごしょうでも美味いし、ゆずこしょう付けても美味いよ」

「へー、お醤油とラー油だけじゃないんだ。悩むなー」

用意した調味料を熱心に見ながら、芽生花ちゃんがうーんと唸った。

「んー！　ほんとだ、うま……レタスしゃきしゃきだ」

宮川もびっくりしたように言ったので、俺は上機嫌で二ターン目の餃子をホットプレートに並べる。

「ねえ？　宵深も、美味しいよね⁉」

やや興奮気味に問うた宮川に、宵深はうん、と頷いた。

「美味しいね」

宵深の口から、確かに『美味しい』という言葉を引き出せた俺はもう、感無量だ。

勿論餃子を提案してくれた上に、綺麗に包んでくれた宮川の大手柄なのだが、それでもさっきの失敗を誤魔化せたような気がする——やったぜ！

「あーあーあーあー、もう最高！　最高じゃない！」

結局、まずはシンプルに酢醤油で……と、餃子を口に運んだ芽生花ちゃんは、そのままの勢いでプシュ、と３５０㎖缶のビールを開け、ごっごっごと喉《のど》を鳴らして、美味しそうに飲み干した。

「うっふぅうう、うまあ。これシラチャーソースも合いそうだね」

そう言いながら再び冷蔵庫に向かい、ニンニクチューブとシラチャーソースを持ってくる我が叔母。

「芽生花ちゃん……？」

「いいのよ、仕事は休みだし」

「いいけど、今日は夕方からデートなんじゃなかったっけ？」

「そうなんだよねぇ」

『そうなんだよねぇ』と困ったように言いながらも、小皿にシラチャーソースとたっぷりの追いニンニクを絞り出し、ねちねちと餃子にまぶして口に運ぶ。

「ううう……うまぁい」

言いながら、今度は５００㎖缶のビールのプルタブに指を掛ける芽生花ちゃん。

「いや、それで今の時間からビール二本目はどうか」

「だよねぇ……」

口では迷ったように言いながらも、既にビールの缶からは、プシュッとはじける音がした。

「開けるんだ」

エリが若干引いたように呟いた。

まぁ……叔母も大人だ。何も言うまい。

レタス餃子は焼き加減が命だ。次の餃子の用意をし、すっかり餃子奉行に徹する俺だったが、宵深が火傷しない程度にほどよく冷めた餃子を一つ、俺の口に運んでくれた。

まさかの『あーん』だ。

どうやら宮川の指示だったらしく、俺は宮川の機転に心の中で百回感謝の土下座をした。

餃子は表面パリパリで、中はレタス特有のシャキシャキした食感と、ネギと豚肉の甘さ、旨味、ごま油の香りがふんわりと鼻に抜けていく。

ただただ美味い。我ながら最高に美味い。早く第二弾焼けてくれ。

あっという間に最初に焼いた分はなくなってしまって。時間つぶしにリビングのテレビで、女性陣が最近の新しい推し候補だという、ゲーム配信者の動画を見始めた。

今日は秋にしては暑い日で、よく冷えたドリンクと焼きたての餃子、人気ホラーゲームの配信が流れるリビングは、なんとなく『お盆のばあちゃんち』を思い出させた。

チューチューかかき氷でも買っておくんだった。

「ああ……ホラゲ配信見ながら、ビール片手に焼きたて餃子……ここは天国か。最高か。もう今日はずっとこうしていたい……」

テーブルに突っ伏して、ぼそっと芽生花ちゃんが言った。エリが『大丈夫か？』というように俺を見たけれど、芽生花ちゃんはお酒に強い方だったはずだし、ビール二本くらいじゃ酔い潰れたりしなかったと思ったが……。

空き缶を眺め、どうやら三本目を開けるかどうか悩んでるっぽい芽生花ちゃんを、止めるべきかどうか悩んでいると、彼女の前に立った宵深が、すっと空き缶を取り上げた。

「行きたくない？」

「え？」

無口な宵深に、突然問われて、芽生花ちゃんは驚いたように瞬きをして――「あ、デートのこと？」と気が付いたようだった。

「行きたくないわけじゃ、ないんだけど……」

と、芽生花ちゃんは言いかけて、そこで不意に唇をすぼませた。

「……いや、違うわ、そういうわけなんだわ」

叔母がはー……と深い溜息を洩らした。ビールとニンニクの匂いがした。

「映画見に行くのよ、今日……彼も映画好きだし、私もけっこう好きな方だから」

生みの母も映画好きだったって聞いてる。そういう趣味も遺伝するのだろうか。叔母と母のささやかな共通点がなんだか嬉しい。

「ただ今の彼氏さ、なんていうか……高尚な？　フランスの小難しい映画とかが好きなのよ。まぁ、確かにそれって私の好きなジャンルじゃないんだけど……だからって彼は『芽生花さんも楽しめるように』って言って、やたらと恋愛映画とか、アニメを私に見せるのね」

別に恋愛映画やアニメを否定するわけじゃないんだけどね、と芽生花ちゃんは前置きした。

「でも私、それも別に好きじゃないわけ。私が好きなのはさ、彼が『見る価値がない』っていうホラー映画なのよ」

はぁ……と再び芽生花ちゃんの口から溜息が洩れた。

アニメはともかく、恋愛映画は途中で眠くなるのだそうだ。

だけどデート中に寝るわけにもいかないし、映画もあまり興味が持てない。楽しいはずのデートと映画鑑賞が、毎回苦痛の時間になってしまう。

「私、それに膀胱《ぼうこう》小さくてさ、すぐトイレ行きたくなるから、ビールも飲めないのよ」

「わかる。私も膀胱が赤ちゃんだから、すぐ尿意との戦いになる」

エリも神妙な顔で頷いた。

とはいえ、生理的現象はどうしようもないか。

「私はさ、そもそも劇場ではやってないような、見たことない役者ばっかり出てるB級C級のホラー映画を、家のサブスクで、寝間着姿のままビールとデリバリーで頼んだちょっと冷めたご飯を片手に『そうはならんやろがい！』ってガハガハ笑いながら見るのが大好きなの」

それはとても芽生花ちゃんらしい気がしたし、楽しそうなのはよくわかるが。

「でも彼は、ちゃんとした格好で映画を見て、美味しいご飯を食べて、きちっとしてるわけ。そういうデートばっかりでさ。羽目を外す感じじゃないっていうか……」

はぁ、と大きな溜息がまた一つ洩れた。

「彼氏さんお仕事は？」

興味津々という表情で、宮川が問うた。

「麻酔科の医師」

「あ、それはちゃんとしてそう。色々管理得意そう」

「お金持ちそう」

宮川とエリが顔を見合わせた。

別に叔母の私生活に口を出したいとは思っていなかったが、『医師』と聞くと、なんかそれだけで結婚相手として良さそうと言うか、下世話な考えが頭を過ってしまう。

「……上手くいってないわけじゃないのよ」

そんな俺達の反応に、芽生花ちゃんが拗《す》ねたように呟いた。

「ただなんかこう……本音で話そうって思うと、急に面倒で嫌になるんだよね。争ったり、不機嫌になるのに精神力とか時間を使うのがさ」

それだけじゃなくて、新しい交際相手を探したり、何かに熱中する労力も湧かなくなってくると、彼女がぼやく。

「これが歳をとってくってことかなぁ。何もかも、餃子みたいに包んで飲み込めたら良いんだけど」

そう言って芽生花ちゃんは、再び焼き上がった餃子に箸《はし》を伸ばした。

あふあふと、みんなしばらく食べるのに集中するフリをしたけれど、好奇心を抑えられなくなったらしい宮川が、とうとう再び芽生花ちゃんに問うた。

「彼氏さんのどこが好きなんですか？」

「んー……」

思いのほか、長い沈黙が返ってきた。

「……靴が、ピカピカしてるとこ、かな」

「…………」

散々迷って出てきたのが、靴が、ピカピカ……？　そんな理由？　と、思わず俺はガラナを噴きそうになった。

「あとは……スーツの生地がいい。後は……眼鏡のフレームがおしゃれ」

まぁ、確かに服も本人の一部だろうし、センスのいい人なんだという褒め言葉にとれなくもないが……。

「え？　本体は？」

エリが突っ込んだ。ここまで聞く限り、どうにも彼に愛情を感じているようには聞こえない。

「本体……変わってるっていうか……オリジナリティのある人だとは思う」

それが純粋な褒め言葉には聞こえなくて、俺達は困り顔を見合わせた。

「……別れちゃえば？」

結局、エリは俺達が飲み込んでいた言葉を、はっきりと口にした。

「それもなぁ」

「芽生花さんなら、別れた後もすぐ恋人はできるような気がするけど……」

　確かに芽生花ちゃんは、年齢よりも若々しく、そして黙っていれば美人の部類に入ると思う。

「でもさぁ、あの人の中に今後も『難しい映画を理解できず、恋愛映画だけ喜ぶ女』っていう存在として記憶されたままなのも、なんかモヤモヤするし……」

　うーんと芽生花ちゃんが唸った。

「……自分でも彼の何が良いのかわからないのにさ……未練とか、愛着ってことなのかなぁ」

　酔った少し赤い顔の芽生花ちゃんは、まるで自分の心を見るように目を伏せて呟いた。

「だったら、誰が好き？」

　宵深が静かな声で言った。

「え？」

「その人じゃないなら誰が好きですか？」

「誰って――……」

「好きではない人に好きだと思わせることも、好きな人に好きではないふりをするのも、自分の心に背くのは辛い。それでも続けるには理由が必要です。好きでもない人と、好きでもない映画を見ることで得られるものは何ですか？　お金？　地位？」

　宵深の声は静かでもよく響く。

芽生花ちゃんは初めは困惑気味に宵深を見ていたけれど、やがて額を押さえるようにして、深く息を吐いた。

「ううん、お金とか、そういうんじゃないの。違う。そうじゃない……そうじゃないけど私……」

ぎゅっと、顔が歪むくらい強く顔を左手で覆いながら、芽生花ちゃんが呻くように言う。

「……先輩の、紹介だったの。弟だって」

乾いた声が響いた。

「昔からお世話になってる先輩でさ。断り切れなくて。それに会ってみたら、嫌な人ではなかったから、これなら我慢できるかなって……どっちみち我と我をぶつけ合うと、上手くなんていかない。できるだけ彼に合わせようと思ったから」

お互い三十代。既に生活スタイルや価値観も固まっている。

妥協をせずに相手を選べる歳じゃないと、芽生花ちゃんは言った。

「好きかどうかじゃなくて、我慢の少ない相手の方が大事だって思ったの」

「どうして？」と言うように、宵深がゆっくり瞬きをした。

「摩擦《まさつ》を起こすよりもそっちの方が楽だから、かな」

「ううん。本当は楽じゃないから、今日は行きたくない――それでも行かなきゃいけないと思うのはなんのため？」

言い訳のような芽生花ちゃんの返答を、宵深がまっすぐ否定する。

芽生花ちゃんは叱られたような顔で俯くと、何度目かわからない溜息を洩らし、へなっとテーブルに突っ伏した。

「……ああ、そっか。私……結局先輩に失望されちゃうのが嫌なんだな」

芽生花ちゃんの好きな映画がわからないのは、彼女がそれを伝えていないから。

彼女自身が、自分を餃子のように包んで隠したままだから。教えていないから、相手は知らない。

教えないのは、教えて彼に嫌われたくないから。

つまりは彼に嫌われて、先輩に嫌われるのが嫌だから。

「……お世話になってる人なのよ。昔から。彼女にはお世話になりっぱなしだからさ。ワンチャン彼女が義姉になったらいいなとか思ったり……それなのにここで彼と別れて、彼女との関係まで気まずくなるのが嫌だったんだ……」

考えてみれば、それは単純なことだった。

友情という感情に包まれて、自分の本心にも気が付いていなかった。

テーブルにぴったりと頬を預け、泣きそうな声でぼんやりと呟く芽生花ちゃんの頭を、宵深は困ったように、慰めるように撫でて、俺に視線で助けを求めて来た。

「まぁわかんないけど……本当に芽生花ちゃんを好きだって相手も思ってくれてんなら、もし弟と上手くいかなくてもさ、それで嫌われたりしないんじゃないのかな」

少なくとも、お互い無理に続けて不幸になるよりいい。

きっとわかってくれるだろう。

そして俺は、やっぱりそんな風に自分を捧げられるほどに大切な、同性の友人の存在が羨《うらや》ましくなっていた。

「じゃあ先輩に連絡して、話してみる。レタス餃子も良いけど、今夜はデートじゃなく二人でニンニクたっぷりな激辛中華でもキメてくる……」

ぐす、と鼻声で言うと、芽生花ちゃんは心配そうに俺達が見守る中冷蔵庫の前に立つと、ビールを取りだし、そのままごっごっごと勢いよく呷った。

「いや、飲むんかい！」

思わず俺達の声が揃った。

「あー、覚悟が決まったら、やっぱりビールが美味いわぁ」

そう言ってガハガハと笑うと、芽生花ちゃんはまた嬉しそうに餃子を食べ始めたのだった。

第3話

実主継主詮議の事

1

引っ越し前後はあんなに宵深との関係を思い悩んだのに、気が付けば俺は毎朝宵深と学校に行き、一緒に授業を受け、一緒に帰るようになっていた。

とはいえ、それ以外に何かあるか？　と、聞かれたらＮＯ《ノー》だ。

仲が良いと宮川達にからかわれることもあるけれど——本当に、そうなんだろうか。

あのとおりの宵深なので、雑談を楽しむっていう感じでもない。

必要最低限の会話はできる。たまに聞こえないふりなのか、答えたくないのか、スルーされてしまうこともある。

拒絶されているとは思わない。けれど受け入れられているという自信もない。

現に一緒に帰路についても、その後二人だけで過ごすようなことはないからだ。

だからといって、いつまでも宮川を頼ってばかりもいられない。

せめてもう少し、会話ぐらいは増やそう。

俺はバスを待つ間、勇気を振り絞《しぼ》って宵深に声を掛けた。

「そういえばさ……あのソフトクリーム屋さん、もう無くなったんだね」

子供の頃三人でよく食べた、美味しいソフトクリームの店が近くにあったのだが、この前ちょうど前を通ったら、真新しい、別の綺麗なビルが建っていた。

あんまり美味しくて、ばあちゃんの家に来る度に食べたいとだだをこねていた頃が懐かしい。

「残念だな。確か宵深も好きだったよね」

けれど俺の問いに、宵深はゆっくり首を横に振った。

「え？　嫌いだった？」

「ううん……移転したの」

「ああ、ソフトクリーム屋さんが？」

宵深がこっくりと頷いた後、上目遣いに俺を見た。

「……行く？」

「近いの？」

またこっくりと頷きが返ってきた。

「じゃあ、久しぶりに行こうか」

宵深が微《かす》かに目を細めた。嬉しそうに。

俺はそれだけで、踊《おど》り出したくなった。

ソフトクリーム屋の移転先は、確かにそう遠くはなくて、むしろ前より家からは近くなっていた。

このところなんだか暑いせいか、お客は多い。

少しだけ並んで、俺達はソフトクリームを二つ買った。

宵深は昔から一緒のバニラ。俺はバニラの上にモカを絞ったハーフにした。

ミックスだと混ざった味しか食べられないが、ハーフはそれぞれの味と、混ざった味を両方楽しめるという、この店の天才的なアイデアメニューだ。

店を出て歩き出し、ふと思い出す。

『歩きながらはダメ』――と、言っていたのはどっちだっただろう、宵深か、茜音か。

おしゃべり上手は茜音だったけれど、でもこれを言っていたのは宵深だったような気がする。

確か茜音がソフトを落として泣いたことがあったから。

「どうする？　座って食べたい？」

もう茜音はいないけれど。

宵深は頷きつつも、ソフトに唇《くちびる》を寄せた。いいんだ……とは思ったけれど、確かにこの気温じゃ、早く食べないと手がベタベタになってしまうだろう。

久しぶりに食べたモカソフトは、昔よりも苦みが減ったような気がして食べやすかった。そしてバニラは懐かしいまま変わらない、あっさり優しい味だ。

酪農《らくのう》大国北海道は、バニラソフトよりはミルクソフトの方が圧倒的に多い。

新鮮で濃厚なミルク味のソフトは勿論《もちろん》美味しいが、俺はこの甘いバニラの香りと、それでいて食べると控えめな甘さのソフトが好きだ。

「やっぱり、美味いな」

思わず呟《つぶや》くと、宵深が微笑んで俺を見た。俺は勇気を出して話題を振った自分を、心の中で褒《ほ》め称《たた》えた。

グリーン公園も大きいが、この辺は比較的大きめな公園がいくつもある。

一瞬悩んだものの、そのうちの一つ、ソフトクリーム屋のすぐ裏の公園へ足を運び、ベンチに腰を下ろした。

その時だった。

道の向こうから、タッタタッタッタと軽快な足音を立てて、茶色い中型犬が走ってきた。首輪もリードもしていない犬だ。

ぱっと見、飼い主も見つからないそいつは、俺と目が合うなり更に早足で、まっすぐこっちに向かってきた。青と茶色、両目の色が違う変わった瞳だ。

一瞬凶暴な犬だったらどうしようかと焦《あせ》ったが、犬はブンブンと尻尾《しっぽ》を振り、咄嗟《とっさ》に宵深を庇《かば》おうとした俺の腕の所に、むりむりっと顔を突っ込んできた。

「うわっ」

てっきりソフトを狙《ねら》っていたのかと思いきや、犬はそっちには見向きもしないで、頭のてっぺんを撫《な》でろという風に押し付けてくる。

「宵深……知ってる犬？」

明らかに初対面とは思えないような人なつっこい態度だったので、宵深に聞いてみたが、彼女はふるふると首を横に振った。

「なんだよ……お前、俺は友達じゃないぞ？　誰かと間違えてないか？」

そんな質問に、犬は『そんなことないでしょう』というように、キラッキラ無邪気な笑顔を向けてきた。いやいや、間違えてるって。

俺は苦笑いで、犬を撫でてやった。

そいつは満面の笑みで俺に撫でられ、それだけでは飽き足らずに、宵深にまで『撫で』を要求する始末だ。

このフレンドリーさと、指通りの良い手入れされたサラサラな毛並みはおそらく、飼い犬なんじゃないだろうか。

「逃げてきたのかな。待ってたら飼い主が来ると良いけど」

犬は自分が人間から『愛される』以外の感情を知らないように、なんの迷いもなく俺達に体をこすりつけるように甘え、撫でられている。

そんな犬を、飼い主が探していないとは思えない。

それに目の色が違うだけでなく、なんだかとても愛嬌《あいきょう》のあるビジュアルの犬だ。

額に白い星がある凛々《りり》しい狼《おおかみ》のような面構えなのに、体はなんだかこんもりして、胴長短足。歩く食パンのような感じだ。

なんというか……俺はそこまで犬には詳しくないが、多分ハスキー犬とコーギー犬のＭＩＸ《ミックス》なんじゃないだろうか？

いや、見るからにそうだ。『そのまま足し算した答え』って感じのビジュアルじゃないか。

見た目の愛嬌に反し、こちらのソフトクリームを欲しがったりはしない良い子だ。そのまま十分ほどベンチで飼い主を待っていたが、それらしい人は現れない。

「警察に届けとか出てないか調べてもらった方が良いかな。でもこのままじゃどこにも行けないんだよな」

犬は首輪すらしていない。今はまるで自分が繋がれているとでも思っているように、ピタっと俺達の前に座って撫でられているが、その気になればどこにでも行けてしまうのだ。

「仕方ないから、ちょっとそこのソフトクリーム屋さんで、紐《ひも》かなんか借りてくるよ」

俺はそう言ってベンチを離れた。

「ここで宵深と待ってるんだぞ」

犬にそう話しかけると、わかってるんだかわかってないんだかはっきりしない笑顔で頷いた後、でれでれ宵深の膝《ひざ》に顔を預けていた。

……まぁ、いいか。逃げられるよりは。

犬をパチリと撮影し、俺は早足でソフトクリーム屋に飛び込んで、事情を話した。

残念ながらお店の人も、お客も、この犬を見かけたことのある人は居なかった。

「こんな可愛いの一回見たら忘れないと思うから、多分知らないわ」

と笑いながらお客の一人が言った。俺もそう思う。

肝心《かんじん》な紐は、お店の人がビニール紐ならあると言ってくれたので、それでもないよりは……と思った俺に、お客の一人が「首絞まったら大変じゃない？」と、車の中にあった愛犬用の予備のハーネスとリード貸してくれることになった。

「多分サイズ大丈夫だと思うし、今はメインで使ってない奴だから、返却はすぐでなくて大丈夫。お店に預けておいて」と気前よく貸してくれたばかりか、彼女は俺にＳＮＳを利用したらどうかと助言までしてくれた。

「迷い犬は、みんなすぐに拡散してくれるの。どこで何時に保護したか、札幌市って地名も書いて、＃拡散希望　＃迷い犬　のハッシュタグをつけてポストしたらいいよ」

あとは動物病院でマイクロチップの有無を調べて貰《もら》うと良いらしい。でもまずは届出が出ていないか、やはり交番と動物管理センターに確認するのが先決だということだ。

警察には保護した犬の世話をする設備がないから、できれば預かれる人を探した方が良いと心配そうに言われた。でも預かるくらいなら、芽生花ちゃんも許してくれるだろう。

公園に戻ると、宵深と迷い犬は、さっきと同じようにベンチでちょこんと待っていた。

宵深は子供の頃、あまり動物が好きじゃなかったので少し心配だったが、どうやら今ではもう平気らしい。

まぁ、その頃は俺も犬が怖かったので、お互い成長したってことだろう。

「大丈夫だった？」

と、色々な心配をひっくるめてそう聞くと、宵深は静かに頷いた。

犬の方もなんだかドヤ顔でパサパサ尻尾を振りながら、俺に前足で手招くようにした。どうやら撫でて欲しいと言っているみたいだ。

このまま公園で撫でているだけで、飼い主が見つかれば良いのだが、そうもいかないので、俺は犬の首輪とリードを付けた。

ジャストサイズだ。結局名前も聞き忘れてしまったお客さんに感謝だ。

犬もやはり飼い犬なのか、大人しく首輪を受け入れたばかりか、リードで繋ぐと『お、散歩ですか！』というように、にこにこと嬉しそうに俺と宵深を交互に見て、「ウォフ」と狼のように野太く一声鳴いた。

こんなに唯一無二の愛嬌のある犬だ。飼い主はさぞ心配していると思う。

「ちゃんとご主人見つけないとな」

2

助言通りにまずＳＮＳで飼い主が探していないか調べようとしたけれど、俺の検索能力では上手く絞り込めなくて、結局断念した。

今まで気にしてこなかった世界だけれど、そこには愛犬を探す大勢の人達がいた。

どんなに大事にしていても、やっぱり一瞬の隙があるものだ。

俺も母さんもしっかり気をつけていたはずなのに、妹がちょっとだけ迷子になってしまったり、怪我《けが》をする寸前だったりと、ヒヤッとした瞬間は何度もあったから。

探すのは難しそうなので、せめて逆に見つけて貰おうと、言われたとおりのハッシュタグを付けてＳＮＳにポストした。

すぐに『可愛いわんちゃんですね、拡散しておきます』『早くおうちに帰れますように！』といったメッセージと共に、愛犬をアイコンにしていると思しき人達が、次々に広めてくれた。

頼もしい、犬好きの人達の横の繋がりにほっとしながら、俺は宵深の案内で近くの交番に向かった。

犬はすっかり散歩気分のようで、わがままに俺達を牽引《けんいん》したかと思えば、途中で立ち止まって地面の匂《にお》いを念入りに嗅《か》いだり、まるで『楽しいね』というように、俺を笑顔で見上げてきたりした。

ずっと犬を飼いたいと思っていた俺は、つかの間の『飼い主』気分に、つい顔が緩《ゆる》んでしまう。

それに喘息《ぜんそく》もちの妹のアレルギーが心配で動物は飼えなかったが、今ならもう飼おうと思えば飼えるじゃないか。

動物管理センターに電話をしたけれど空振りだった。

なんだかもう……このまま飼い主が見つからなかったら、俺が引き取りたい。本気で父さんと芽生花ちゃんに相談してみよう……なんて考えているうちに、交番が目に入った。

中にはお巡りさんが二人居た。どちらも犬好きらしく、彼らは俺達を見るなり破顔した。

「うーん……それらしい届けは出ていないけれど、毛並みや状態も良さそうだし、長い時間迷子って感じでもないから、届けはこれからかもしれないね」

二人のうち、若くて身長の高いお巡りさんがそう言った。

「でもそんなに高齢のわんちゃんではなさそうだし、マイクロチップを調べてみた方が良いかもね。でもうちの署、読み取り機は置いてないんだよね」

そう申しわけなさそうに言ったのは、もう一人の年配のお巡りさんだ。

「じゃあ、獣医さんのところに連れて行って、確認してもらったら良いですかね？」

ソフトクリーム屋さんで会った、犬を飼っている女性からもそう言われていた。

だったら……ということで、若いお巡りさんが病院まで同行してくれることになった。


マイクロチップは、十五桁《けた》の固有番号をペットの体に埋め込み、飼い主としてデータベースに登録することで、迷子を防ぐためのものだ。

なかなか普及していなかったらしいが、二〇二二年に義務化が決まったらしい。

既に飼っている場合は努力義務で、強制力がないせいか愛犬・愛猫に改めてチップを埋め込む程には普及しておらず、この迷子犬にチップが入ってるかどうかは、なんとも言えないそうだ。

入っていて欲しい気持ちと、その逆の背反《はいはん》する気持ちに揺れながら、女性の獣医さんが機械をかざすのを眺める。

と、ぴるる、と電子音が響いた。

「うん。チップ入ってますね。良かったね～」

女医さんがハンディタイプの白い機械を見て、そこに表示された番号を見ながら、迷い犬に声を掛ける。

良かったね～と言われて、犬はわかってるんだかわかってないんだか、嬉しそうにパサパサ尻尾をふった。

「じゃあ、これで飼い主さんがわかるんですか？」

「ええ多分ね。データベースに登録してくれてない可能性もないわけじゃないけど、病院で処置した飼い主さんだと思うから、その辺はしっかり登録までしてくれていると思う」

病院によって値段は少し変わるものの、だいたい処置には四～五千円かかるという。補助・助成をしている市町村もあるが、札幌にはそういう助成金はない。それでもお金を出して、愛犬の『いざという時』に備えようとしている飼い主なのだから、登録作業を怠《おこた》ることはないだろう……ということだ。

俺はほっとしつつも、ちょっとがっかりした。

「うんうん。大丈夫、ちゃんとあったよ。うちの患畜《かんちく》さんじゃないけれど、区内にお住まいみたい」

連絡しますね、と女医さんが電話に向かう。

「良かったな。お前の飼い主さん、見つかったっぽいよ」

少しだけ寂しい気持ちで、俺は犬の頭を撫でてやった。

「見つからなかったら、飼ってくれようと思ってた？」

お巡りさんが優しい声で俺に言った。

俺は苦笑いを返しただけで答えなかったけれど、彼は俺を慰《なぐさ》めるように、背中をぽんとたたいた。

「でも……良かったよね？」

俺はずっと斜め後ろで犬を眺めていた宵深に言った。彼女も頷いたけれど、その顔はなんとなく不満げだった。

もしかしたら宵深も飼いたいと思っていたのかもしれないし、俺が飼うことを期待していたのかもしれない。

でもそんな俺達のところにすぐに女医さんが戻ってきて、笑顔でＯＫマークを指で作った。

「朝、お散歩のあと暑がっていたから、少しだけ窓を開けて網戸《あみど》にしていたらしいんだけれど、お留守番中に突き破って出てっちゃったみたい。今お仕事から戻られて、わんちゃんがいない！　って焦っていたところだったって」

女医さんが「やんちゃだねぇ」とわんこの耳元を撫でながら言った。

なるほど、それなら警察に届けてもいないし、ＳＮＳで探していなくても当然だろう。

「ベランダじゃなく少し高い位置の窓だから、大丈夫だろうって思ったらしいんだけど……」

その『大丈夫だろう』がよくなかったのはわかるけれど、確かに高い所の窓から脱走できるような体型には見えない犬だ。

「怪我をしなくて良かったです」

お巡りさんが言った。

「そうね。すぐお兄ちゃん達に保護して貰えたのも良かったね」

　女医さんが俺と宵深を見てうんうんと頷く。

　でも見つかったなら、一応その報告をＳＮＳにもしておかなきゃ……と思って、俺は傷心のままスマホを開いた。

「……あれ？」

　無事見つかりました……と入力しようとした瞬間、ぽん、とＤＭが届いた。

　もしかして、飼い主からか？　と思って開いて――俺は戸惑った。横で一緒に覗いていた宵深が、お巡りさんを指さした。

「お巡りさん……ちょっと、これ」

　宵深に言われるまま、俺はスマホをお巡りさんに手渡す。

「…………」

　途端にお巡りさんも表情が険しくなった。


『突然のＤＭ失礼します。

　保護されたわんちゃんですが、おそらく二年ほど前に公園を散歩中に盗まれたうちの子だと思います。

　まだ仔犬のうちに泼《さら》われてしまったのですが、ハスキーとコーギーのＭＩＸで、青と茶色のバイアイ、左後ろ足だけ縞《しま》があり、額に白い星があります。

　特徴から見て間違いありません。

名前はキラ。もしそうであれば、二歳の男の子です』

そんな文面のメールの後には、確かにこの子の幼かった頃を彷彿《ほうふつ》とさせる、可愛らしいもこもことした仔犬の写真が何枚も添付されていた。

とはいえ今よりも少し全体的に色が濃いような気もするし、鼻の周りも写真の中の方がなんだか泥棒《どろぼう》みたいに黒い。

「キラ」

その時宵深が、迷仔犬に向かって声をかけた。

その瞬間犬の耳がピンと立って、宵深に『呼んだ？』というように振り返った。

「盗難届か、遺失物届をもう一度確認してみます」

お巡りさんが慌てて無線でどこかに連絡を取る。

「どうしたの？」

女医さんが怪訝《けげん》そうに言ったので、彼女にもスマホを見せたその時、ガチャン、と診察室まで音が聞こえるほど騒々《そうぞう》しくドアを開けて、病院に誰かが飛び込んできた。

「お巡りさん」

咄嗟に確認すると、彼は神妙な顔で頷く。

ややあって、受付のスタッフさんに案内されるようにして、真っ青な顔をした女性が診察室に通されてきた。

「スバル！」

「え？」

驚いて俺はびくんとなった。

「ああ、良かった……！」

けれど彼女はまっすぐに迷い犬――キラ？　を見るなり、そして泣きそうな声を上げる。

迷い犬は今までで一番嬉しそうな顔をして、うぉうるるるぅと、低く甘えた声で唸《うな》った。

3

迷い犬を迎えに来た女性は『梨本《なしもと》』と名乗った。

梨本さんには色々聞きたいことがあった――が、まずはこの子の名前だ。

「『スバル』……って、名前なんですか？」

「ええ。おでこに星があるので……」

俺の後ろで、宵深が「ぷふっ」と噴き出した。

「それが何か？」

梨本さんが怪訝そうに首をひねった。

「あ……いや、俺の名前も『昴』なんです……」

「あら……！」

つまり、昴がスバルを保護したというわけだ。

「そうか、お前もスバルだったんだな」

しっぽをぶんぶん千切れそうなほどに振って、スバルは梨本さんに甘え、全身で喜びを表している。

そんな二人の間に、愛情や絆《きずな》を感じない――わけはない。

とはいえ、俺達はこのまま感動の再会を見守り、そして送り出すことはできなかった。

女医さんが、お巡りさんに険しい顔で頷いた。

この子が『スバル』であることは間違いないが――同時に、おそらくは『キラ』でもある。

「マイクロチップも装着されていましたし、スバル君を大切に育てていらっしゃるご様子を疑うつもりはないのですが……この子には、既に別の『飼い主』という方が名乗り出られていまして」

「はあ？　スバルは間違いなく私の犬ですが？」

むっとしたように梨本さんが言った。

「失礼なことをうかがいますが、どういう経緯でスバル君を飼われることになったんですか？」

お巡りさんの質問に、梨本さんの眉間《みけん》に更に皺《しわ》が寄る。

「捨てられていたんです。まだ仔犬でした。雨の日だったので、可哀想《かわいそう》だったので連れて帰りました」

それが何か？　と梨本さんが答える。僕らは顔を見合わせた。

その時、お巡りさんに無線の連絡が入った。彼は少しだけ席を外した後、険しいと言うよりは困った顔で診察室に戻ってきた。

「実は……この子は既に二年前に遺失物届が出されているようなんですよ」

「遺失……？」

「つまり、迷子届と言いますか。どうやら仔犬のうちに、連れ去られたらしいんです」

「私は間違いなく拾っただけです、盗んでなんていません！」

「それが……たとえ迷い犬を保護した場合でも、飼い主の届け出を確認しないで飼うのはちょっと……」

「でもマイクロチップも入っていませんでした。首輪もしていなかったし、そもそも前の飼い主がきちんと飼い主の責任を果たしていないから、迷子に――」

言いかけて、彼女ははっと、自分も同じ状況であることに気が付いて、ぎゅっと口を噤《つぐ》んだ。

「まぁ……マイクロチップも義務化したのは最近です、責任を果たしていないとは言えないと思うんですよ」

「でも首輪もなく、ウロウロしていた仔犬です。捨て犬と思っても仕方ないと思いませんか？　それに、一緒に暮らしてる時間は私の方が長いです。この子はもう私の犬です」

それでも梨本さんは引く姿勢を見せずに、きっぱりと言った。

「お気持ちはわかるんですが……法律上では犬は飼い主さんの『所有物』という扱いですから、届け出が出されている以上、貴方は『遺失物横領罪』に問われ、一年以下の懲《ちょう》役《えき》または十万円以下の罰金もしくは科料に処されてしまうんですよ」

お巡りさんが申しわけなさそうに答える。さすがに梨本さんの顔からさあっと血の気が引いたように見えた。

「え……？　そんな酷《ひど》い、嘘《うそ》でしょ……？」

「嘘だったら良いんですが……。とにかく一応……一度署の方でお話だけ確認させて頂けますか？」

頂けますか？　という問いかけの形ではあったけれど、そこに『ＮＯ』は存在していなかったと思う。

彼女はがっくりと首をうなだれるようにして、お巡りさんと交番に向かった。

スバルのことは、今しばらく獣医さんの方で預かって貰って……という話だったが、ほぼ入れ違いのように年配のお巡りさんと病院にやってきたのは、俺にＤＭをくれた『加賀見《かがみ》』家のご夫婦だった。

「キラ！　ああ……キラちゃん！」

奥さんが診察室に入るなりそう声を上げると、はっと気が付いたスバル――キラは、さっき梨本さんと再会した時以上に唸り声を上げ、全身を喜びに震わせ、ご夫婦の腕の中に飛び込んだ。

幼い頃、僅《わず》かな期間しか一緒に暮らせなかったとしても、その仔犬の頃をキラが覚えていたのは明白だ。

この瞬間を、梨本さんが見ていたら傷ついていたかもしれない。

飼い主への愛情に優劣をつけるなんて野暮な話はないし、実際に一緒に過ごした時間が長いのは梨本さんだというのに、キラの喜び方は、明らかに加賀見さん達の方が上だった。

きっと久しぶりに会えたからなのだろう。そしてずっと、会いたかった人達なのだろうと思った。

そしてご夫婦もだ。

奥さんはキラを抱きしめて泣いていた。

「貴方が保護してくださったお陰で、もうずっと……死んでしまったかもしれないとも思っていた愛犬を、取り戻すことができました。ありがとうございます」

そう俺に言った旦那さんも、目が赤く潤んでいる。

「あ……いえ、ス――キラ君が、無事に家に帰れて本当に良かったです」

答えた俺の気持ちに嘘はなかった。

でも、正直複雑な気持ちでもあった。

お巡りさんも一緒だったので、そこからはパタパタとあっという間にキラは加賀見さん一家が連れ帰ってしまった。そりゃあ本当の飼い主なんだから、当たり前だけれど。

「…………」

キラとご夫婦がいなくなってしまって、俺と宵深、女医さんが部屋に残されると、ずっと黙っていた宵深が、寂しそうな溜息を一つ洩《も》らした。

「なんか……本当の飼い主さんが迎えにきたんだし、これで勿論、いいんだとは思うんですけど……でも……」

割り切れない気持ちを呟くと、女医さんも「そうね」と言った。

「彼女が盗んだわけじゃなく、ただ保護して飼っていたっていうのは本当っぽかったし、お別れすらできないまま、突然愛犬とバイバイだなんて……でも、こればっかりは、どうにもできないかな……」

「ですよね……」

「『実母継母詮議《じつぼけいぼせんぎ》の事』ならぬ、『実主継主詮議《じつしゆけいしゆ》の事』って奴かな。引っ張り合って貰うわけにも行かないしねえ」

「実母継母詮議？」

「実母継母詮議の事――知らない？　有名な大岡《おおおか》裁き」

そう言って女医さんが話してくれたのは、江戸時代に江戸奉行《ぶぎよう》の大岡越前守《えちぜんのかみ》が、生みの母と育ての母、どちらの愛が重く、子供を引き取るかを決めた裁判のことらしい。

「『二人で子供を左右から引っ張り合って、勝った方が本当の親だ』って言うので、二人の母親は娘を引っ張り合うの。当然娘は痛がって、それを見た実母は思わず手を離し、勝ったのは継母の方だったんだけど、お奉行様は『子を思う親なら、痛がったらすぐ手を離すはずだ！』って、結局実母の元に娘を返したっていうお話よ」

「へえ……」

「本当は中国南宋《なんそう》の桂万栄《けいばんえい》が書いた『棠陰比事《とういんひじ》』が元になってる」

女医さんの説明の後に、宵深がそっと付け加えた。

「あ、そうなんだ？　なんか異国の匂いは感じてたし、そんな酷い判決ある？　って思ってたから、ちょっと納得」

女医さんがうんうんと頷く。

「だってさ、手を離したら子供を奪われてしまうんだよ？　我が子を本気で愛する親こそなかなか手は離せないよ。だってそれって自分から諦《あきら》めるってことだもの。ものすごい残酷《ざんこく》な裁き方だと思う」

「確かに……」

俺は不意にいつも優しかった二人の母さんのことを思い出した。

俺もスバルのように、間違いなく二人の母さんに愛されていたことを知っている。

「娘さんはどんな気持ちだったんですかね……そして今のスバルの気持ちも」

俺ならどっちの母さんも好きだ。血は繋がってなくとも、母さんは確かに俺の母さんだったし、二人のどちらかだけを選べと言われたら、俺だって悩むし、会えなくなる人のことは恋しいだろう。

「なんか……やっぱりすっきりしないですね」

勿論加賀見さんご一家の元に戻ることが、間違いだなんて思わない。

それが正しいのはわかる。ただ、梨本さんがスバルと暮らすことだって間違いだとは思えない。

一度は俺が飼うことも夢想した犬だ。

俺は結局そのまま数日間、胸の中で酷くくすぶるモヤモヤを、上手に払うことができなかったのだった。

4

それが原因というわけではないが、俺はその翌日から風邪で二日寝込んでしまった。

きっと引っ越しの疲れも出たんだろう……と芽生花ちゃんは言った。

とくに季節の変わり目――それもすっかり『慣れない』気候の土地になってしまった札幌の九月は、気温の乱高下も激しい。

結局四日ぶり、週開けの登校は十月二日。引っ越し直後はまだ夏みたいだったのに、気が付けばすっかり札幌は秋の匂いだ。

まだいくぶん鼻声は残っているものの、悪いことばかりじゃなかった。

少し席の離れた男子、今までほとんど話をしたことがなかった小川が――高身長、マッシュルームヘアのイケメン小川が――休みの間、『先生が矢作《やはぎ》に声をかけられないでいたから、代わりに持ってきた』と、宿題やプリント類を届けてくれたのだ。

しかも必要なら……と、わざわざノートのコピーまで。

「いつも矢作と一緒だから、邪魔しちゃ悪いと思ってたけど、家、近いと思って」

そう言った小川は宵深ほどではないにせよ口数が少ないし、物静かだ。もしかしたら宵深とは似すぎていてそりが合わないかもしれないが、その分俺とは合うかもしれない。

俺と宵深の家は中学校の近く、小川の家は駅前の方なので少し離れてはいるものの、全然お互いの徒歩圏内だ。

さすがに俺だって、毎日宵深にばっかりまとわりついているわけにはいかない。

お礼もしたいし、今日は放課後小川と出かけると宵深に伝えると、彼女はちょっとだけ不満そうに俺をじっと見て、それでもこくりと頷いた。

もしかして本当に嫌だったのだろうか？　と、ちょっとだけうぬぼれそうになった。

さすがに毎日一緒っていうのは、宵深にとっても嫌だったんじゃないかと心配だったんだが。

思わず緩んでしまいそうになる口元を引き締めて、俺は小川と駅の近くのファミレスに向かった。

小川は確かに口数の多い奴じゃなかったが、宵深から比べれば饒舌《じょうぜつ》なぐらいで、話しかければちゃんと返事をしてくれる。

最初はお互いの趣味みたいなもんを探り探りしながら、ドリアを食べていた俺達だったが、同じゲームが好きだとわかる頃にはもう、お互い愛想《あいそ》笑いが本当の笑いに変わっていた。

「なんとなくそうだと思ったんだ」と、はにかむように言う小川の嗅覚《きゆうかく》に感謝する。

自分をそこまで受け身な性格だとは思っていないが、このところは周囲の好意に甘えてばかりだと、少し反省もした。

でも本当に、小川と話すのは気楽で良かった。

宵深と離れて、改めて俺が毎日宵深のことを考えていたのか、気が付かされた。

愛情と罪悪感。

俺はやっぱり宵深のことが好きで、宵深に、そしてもう居なくなった茜音に対して、罪滅ぼしをする方法をいつも考えていたんだと。

「また誘ってもいいかな？」

気が付けばもう夕方七時近くなっていた。別れ際、駅を背中にそう小川に言うと、彼は当たり前だという風に笑って頷いた。

「通学は？　小川はいつも一人？」

「うん。この辺に住んでる生徒は他にもいるけど、バス通学の奴も多いから」

「宵深は駄目《だめ》とは言わないだろうし、小川が嫌じゃなきゃ一緒に行こうか？」

「矢作、嫌がりそうだけど」

「宵深は良くも悪くも、自分じゃ選択しないと思うよ」

だって宵深だ。多分俺が小川とも一緒に帰るつもりだって言えば、駄目だとも嫌だとも言わないだろう——と、確信したように思っていた俺に、小川は少し不思議そうに瞬きをした。

「そう？」

「まあ……だって、『宵深』だし……？」

茜音だったら、いいとか嫌だとかはっきり言っただろうが……。

「中学時代は茜音の方と同じクラスだったけど、むしろ何も考えてないのは茜音の方だと思ってた」

「え？　いや……」

小川がピンとこない表情で言ったので、思わず首を捻《ひね》ってしまったけれど――とはいえ、確かに俺が知っている双子は、もう何年も前の幼い二人だ。

茜音の怪我や両親の離婚――少なくとも最近の宵深を知っているのは、俺より小川の方かもしれない。

「そうかな……」

思わず自信なく相づちを打つと、小川は困ったように頷いた。

「うん。大人しくて、いつも茜音の後ろに隠れているように見せかけて、実際はいつも宵深の方が――」


「昴君！」


そう小川が言いかけた時、遮るように俺を呼ぶ声があった。

「あ……」

振り返ると、一台のパトカーが、ゆっくり近づいて俺達の前で止まった。

驚いたけれど、俺の名前を知っているお巡りさんなんてそう何人もいない。既に日は落ちていて、すぐに誰なのか顔は見えなかったけれど、確認するまでもなくこの前スバルを保護した時に対応してくれた、あの若いお巡りさんだった。

「この前はどうも」

「ちょうど良かった。君もここの駅を使ってるんじゃないかって心配してたんだ」

助手席から身を乗り出すようにして、お巡りさんが言った。

「心配、ですか？」

「うん。実はあの後――ほら、二人目の飼い主の梨本さん。一応お咎《とが》めなしってことにはなったんだけど……あの後SNS経由で、加賀見さんと随分揉《も》めたらしいんだ」

「ああ……」

揉めるっていうのはいいことじゃないが、でも……あの別れ方だったら仕方がない気がする。

「しかもそれだけじゃなく、加賀見さんがSNS上にアップしていた写真を頼りに、加賀見家に押しかけてしまったらしいんだよ」

「それは……さすがに……」

「彼女はただ、スバル君に会わせて欲しいって言ってただけらしいけれど……とはいえ、随分感情的になってたっていうから、もし万が一君の方にまで何かあったら、すぐ通報して。昴君に危害があるといけないから」

「わかりました」

そこまでするのは、さすがに梨本さんに問題があるような気がしたけれど、ネットで探してでも会いたい——という気持ちは理解できる。感情的になってしまったのも、おそらく会うのも拒《こば》まれたとかそういうことだろうと思う、けれど……。

「何か……トラブルかなにかに巻き込まれてるの？」

パトカーを見送る俺に、小川が心配そうに聞いてきたので、俺はスバルと梨本さんのこと、そしてキラと加賀見家のことを話した。

「そういえば……母さんがこの前、ソフトクリーム屋でリード貸したって」

早川だったんだ、と小川が驚いていた。俺も驚いた。世界は狭すぎるんじゃないか？

「あ。借りたリード、風邪のせいでまだ返しに行ってないや」

「明日学校に持ってきてくれたら良いよ」

そこまで言うと、小川は「それにしても『昴』が『スバル』を保護って」と笑った。

「びっくりしたよ。でも、今はもう『キラ』だからさ」

もうあの子を『スバル』と呼ぶ人は側に居させてもらえないのだ。

小川が不意に表情を曇らせた。

「でもせめて……別れの機会ぐらい、犬にもあげて欲しいけど」

「……犬に？」

犬と、ではなく？

「そもそも犬にも別れは理解できるもの？」

「うん。なんとなく。多分だけど」

「へえ……？」

犬を飼ったことがない俺には、犬の知性がどこまでなのかわからない。

「うちさ、姉さんが今函館《はこだて》の大学行ってて、時々帰ってくるんだけど、うちの犬、勿論喜ぶけどさ、ちゃんと姉が言い聞かせていったせいか、『またすぐ会える』ってのは理解してるっぽくて」

喜び方の度合いって言うか――と小川は続けた。

「なんでかっていうと、僕が中学の頃に自転車で事故って一ヶ月ちょっと入院して、退院後再会した時の喜び方が尋常じゃなかったんだ。震えて、うっすら涙なんかまで浮かべてて……あれさ、あいつ、きっと僕を死んだと思ってたと思う」

「死……」

小川は淡々と言ったけれど、でも言われてみると確かに今まで毎日暮らしていた相手が、急に居なくなってしまうのだ。

少なくとも犬に細かい状況や事情まではわからない。

「本当にどこまで理解してるかはわかんないけど、それでも犬だって知性はあるから。ちゃんとお別れをしてやらないと、突然の別れは犬の中で『死んでしまった』という悲しい解釈になるのかも」

そしてかつて野生であった生き物だ。彼らにとって、別れは死こそがわかりやすい結論なのかもしれない。

「まぁ、全部僕の思い込みかもしれないけどね」

そう小川は付け加えたけれど、でもその意見にはなんとなく納得だ。病院で再会した時の、キラのあの喜びよう……きっとキラは幼い頃の家族と自分は、死別したと思っていたんじゃないだろうか。

だったら、あの子は今度は梨本さんを失ったと思って生きるのだろうか――また明日と遠ざかっていく小川の背中を見ながら思った。

そして同時に、思い出した。

「あ、宵深達のこと……」

話の途中だったけど、すっかり聞きそびれてしまった。

でもまぁいいか、明日でも。今はそれより俺は自分と同じ名前の『友達』のことが心配だ。

帰り道、必死に考えを張り巡らせたけれど、街灯のオレンジ色の光で長く伸びた影をいくつ数えても、結局答えは見つからなかった。

5

帰宅すると、ちょうど帰ってきていた芽生花ちゃんに、ラーメン屋に誘われた。

ファミレスでドリアとチキンを食べたばっかかりだったけれど、病み上がりの体がカロリーを欲していたので、勿論断るわけはなかった。

芽生花ちゃんのお気に入りの店は、空港にも入っているっていうラーメン屋さんで、ゆで卵食べ放題のサービスも嬉しい。

頼んだ味噌ラーメンは、所謂《いわゆる》札幌ラーメンって感じのパツパツ縮れ麺。スープはこってりしょっぱくて、サービスのゆで卵をいれて食べると更に美味い。

麺を食べきった後、ひたひたにしたゆで卵の白身と、パサっとした黄身をスープの中で崩して、レンゲで吸い込むのは背徳的な美味さだ。

「あーもう血圧とか、明日むくむとか、そんなん言ってらんないのよねぇ」

芽生花ちゃんがぼやいていたが、結局二人とも完汁《かんじゆう》して店を出た。

そんな満腹な夜だったので、一番風呂を辞退し、良い具合にお腹が落ちついたタイミングでぬるま湯の長風呂を堪能《たんのう》することにした。

このまま入ると、口から浮き袋が出てしまいそうだから。

課題をしようと机に向かうと、スマホがメッセージの着信を伝えた。

それは既に離婚してしまった育ての母――母さんからだった。

『来週星璃《ひかり》の遠足があるんだけど、お兄ちゃんのお魚のおにぎりがいいっていうの。でもなんの魚かわからなくて……』

母さんからのメッセージには、妹の星璃が母さんを手こずらせているらしいことが書いてあった。

普段そんなに大人を困らせる子じゃなかったはずなのに。

母さんに対して随分反抗的だったり、どうにもならないようなわがままを言っているらしい。

喘息の発作《ほっさ》も増えていて、医師からはストレスが原因だと言われたんだとか。

そんな母からの愚痴《ぐち》に、俺は少し困った。

父さんからも、本当は母さんは離婚後も俺と暮らしたがっていた……っていうのは聞いている。俺は母さんの『息子』だし、ずっと『友達』だったのだから。

だけど俺達と別の道を選んだのは母さんだ。

それを責めたくはないから、そんな未練を見せないで欲しい――そう思いながら、俺は母に返信した。

『多分、父さんが時々北海道物産展で買っていた糠《ぬか》にしんじゃないかな？　そっちではなかなか売ってないだろうから、すぐに買って送ってあげるよ』
それだけ返して、俺はスマホを閉じた。
もっと色々話すこともできたけれど、母さんは俺より、新しい家族を頼るべきだと思う。
不意に、もしかしたら下手に情を見せるのを許さないのは、加賀見さんなりの優しさかもしれないと思った。梨本さんの未練を断ち切らせるための。

ちょうど風呂が空いたので、防水バックにスマホを突っ込んで、俺は湯船で梨本さん達のアカウントをSNSで探してみた。幸い加賀見さんのアカウントはわかっている——が、DMの履歴は幸いそのまま残っていたけれど、加賀見さんはアカウントを消してしまったらしい。

梨本さんとのトラブルのことは聞いている。そのせいだろうか……とそのまま検索をして、そこで二人の確執《かくしつ》が、犬好き界隈《かいわい》の人達の中で、ちょっとした炎上騒ぎになっているのを知った。

いや、もしかしたら犬好き以外の人にも広がっているかもしれない。

加賀見さんはアカウントを消し、梨本さんもアカウントに鍵をかけてしまっているけれど、幸か不幸か、その『炎上』のお陰で、まとめサイトができていた。

可愛いスバルの、あのどこかひょうきんな写真も掲載されていて、俺の頬が一瞬緩んだ。が、残念ながら中身は笑えるような内容じゃあなかった。

最初は梨本さんも、せめて時々スバルの顔を見に行かせてくれませんか？　というお願いをするだけだったようだ。

加賀見さんが最初の飼い主であるということには納得したが、実際に二年間大切に育てたのは自分だ。駄目ならお別れの時間だけでも欲しいと。

けれど梨本さんが犬を盗んだと思っている加賀見さんは、それを突っぱねた。

それでもなかなか諦めない梨本さんに業《ごう》を煮やし、「キラは仔犬の時に梨本さんに盗まれた。大切に育てていたと言うが、実際逃がして危険な目に遭《あ》わせたのも梨本さんだ」と、周囲に吹聴《ふいちょう》したのだった。

最初は梨本さんの方に心を寄せる人も多かったが、彼女が犬を盗んだとなれば話は違う。

当然梨本さんを擁護《よりご》していた人達も離れかけたが、梨本さんも黙っては居なかった。

保護された時、スバルは首輪やリードではなく、ただの紐を首に巻いていて、それが傷になっていたことや、そもそも外を散歩で歩かせるには少し早い週数、最期の予防接種が終わっていない月齢だったこと、そして警察の話では、仔犬が淩《さら》われたのは、加賀見さん本人とではなく、公園でまだ小さな子供と二人きりでいた時だったと反論した。

幼い子供を公園に犬ごと放置している間に起きた事件で、周りの別の子供の親が間に入ってくれたので事なきを得たが、もしかしたら子供だって溲われてしまったかもしれない。

チップだって入っていなかった。犬を適切に飼うことができていなかったばかりか、子供をネグレクトしていると、一転、今度は加賀見さんの方が、一斉に責められる立場になったのだった。

人が人を呼び、双方それぞれ擁護してくれる人や、どちらも否定する人、口汚く罵《ののし》る人。

反論も空《むな》しく、結局梨本さんはアカウントに鍵を掛け、そして加賀見さんはアカウントを消して逃げてしまった。

けれどそれでも気持ちが治まらなかったのだろう、お巡りさんの話では、梨本さんは直接加賀見家を尋ねてしまった。

さすがに恐怖を感じた加賀見さんが通報し、今に至る――っていうことか。

警察に事情を聞かれた時に、加賀見さんが住むエリアを聞いた梨本さんは、更に彼女がＳＮＳにアップしていた画像を頼りに場所を特定したっていうが……。

そうでもして離れればなれになった愛犬に会いたいものだろうか？

――いや、会いたいか。

すっかりのぼせるほど湯船に浸《つ》かって考えた。

俺自身は結局、誰の味方で何をしたいんだろうか。

悩みながら風呂から上がって、課題を終わらせると、ちょうど宵深が部屋の換気をしていた。

寝る前に、庭のラベンダーの香りを取り入れるためだろう——ラベンダーの香りは茜音を思い出す。

「宵深」

こんこん、と自分の部屋の窓を叩くと、宵深がカーテンを開いてくれた。

なんとなく毎晩このタイミングで、俺達はお休みの挨拶をするのが日課になっている。

「今日は、なんかごめん」

謝ると、宵深は聞こえていないのか、それとも無視したのか、ぷい、とそっぽを向いた。

「あのさ、あと明口とか……もし駅で小川に会ったら、一緒に行くんでもいいかな？」

「…………」

途端に、宵深の眉間に深い皺が寄った。

「あ、嫌だった？」

「……少し、苦手」

「あ、そう……なんだ？」

宵深が険しい顔で答えたので、俺は改めて歯切れの悪い小川の反応を思い出した。もしかして、二人の間に何かあったんだろうか？　と勘《かん》ぐってしまいそうになる。

でも小川はともかく、宵深だ。宵深が男子と特別親しくなったり、その逆になるというのも、あまり想像がつかないような……。

「親切で、いい奴だと思ったけど……」

「…………」

沈黙が返ってきた――と、思ったけれど、宵深はすぐに溜息を一つつき、上目遣いに俺を見た。

「……でも、昴君がそうしたいなら、いいよ」

「えっと……」

ヤケクソだったり、怒っていたり、恨《うら》みがましいまなざしというよりは、困っているような目だ。

「いや、別に本当に嫌なら無理強《じ》いはしないけど……でもクラスメイトだし、さすがに露骨《ろこつ》に避けるってのもおかしいから、見かけたら一緒に、ぐらいでどうかな？」

「…………」

宵深がこくんと頷いてくれたので、俺はほっとした。

「そうだ！　あの、犬のスバルのことなんだけど！」

そこで宵深は、話はもう終わりという風にカーテンを引こうとしたので、俺は慌てて声を大きくした。

もう少し話がしたいという気持ち半分、宵深の助言が欲しいというのが半分。時々宵深はびっくりするほど鋭い助言をくれるから。

でも宵深は俺に向かって首を横に振った。

「え……」

てっきり断られ、拒絶されたんだと思ってしょんぼりしかけた俺に、宵深が下を指さした。

「まって」

「え？」

「このままだと……うるさいから」

「あ――ああ、確かに。じゃあ、庭か、玄関で話そうか」

わざわざそこまでしてもらうのも……とは思ったが、もう二十四時近い。窓越しに会話するのはさすがに近所迷惑だ。

お互い玄関先に降りると、夜の空気は昼間よりもいっそう、ラベンダーの強い香りで満ちていた。

私服姿の宵深は、ちょっとブカブカしたデザインのくすんだ水色のパーカーワンピースを着ていた。一瞬足が向き出しで心配になったけれど、どうやらショートパンツを履《は》いているらしい。

似合ってるけれど、宵深の私服はなんかもうちょっと……『女の子』らしいような気がしていたので、俺はちょっとだけ残念に思った。

とはいえ餃子パーティをした時も、半袖のニットとデニムパンツだったし、ひらひらしたワンピースのイメージは、俺が頭の中で勝手に作り上げたものなんだろう。それに──。

「……昔みたいなスカート、履かないんだね」

「昔みたいな？」

「よく、宵深と茜音は、おそろいの可愛いひらひらした服を着てたから」

「あれは、母の趣味」

一瞬だけ宵深は顔を顰《しか》めて、そう素っ気なく言った。

そんな気がしたんだ。母親の趣味──二人は人形みたいだったから。

だとしたら、今着ているのは宵深が自分で選んだ服なのだろうか？　イメージと違っただけで、宵深はそもそも何を着ても可愛い。それにとても足が綺麗だ。

「やっぱりその服も、めちゃくちゃ可愛いよ」

「…………ッ」

思わず本音が口を滑《すべ》ってしまうと、宵深は驚いたように、ヒュッと喉《のど》を鳴らした。

しまった、気持ち悪いことを言ってしまったんじゃないだろうか。

「あ、ご、ごめん」

思わず謝ると、宵深は俯《うつむ》いて首を横に振った。照れてるようにも見えた。ドン引きされてる方じゃなく、どうか照れている方であれ……。

「………」

「ええと、どっか……公園でも行く？」

なんだかお互い黙って変な空気になってしまったので、誤魔化《ごまか》すように言った。けれど馴染《なじ》みの公園の名前を口にしかけて、俺は一瞬黙った。

「……いや、そうだな、四番通公園とか行こうか、そっちの方が近いし」

本来、家から近いのはそっちの方だ。でも昔、そこで犬や猫の死骸《しがい》が何個も見つかったとか、変質者や白殺者が多い公園と噂されていて、そっちで遊ぶのは駄目だとばあちゃんに言われていた。

噂みたいなもんだと思うし、昔のことだろう。いや、でもやっぱり止めた方が良いか？

「やっぱり、ここで、このままで――」

だけど宵深はまた首を横に振った。

「ううん。グリーン公園でいい」

「宵……」

彼女はそう言うと、俺より数歩先を歩き出した。

「………」

そうか。宵深は、グリーン公園でもいいのか……。

彼女の背中を追いながら、あそこが駄目だったのは、俺自身だったかもしれないと、小さな後悔がじわじわ胸に広がっていった。

こんな時間でも、車通りはまだちらほらあった。

お互い保護者に何も言わないで出てきてしまったな、と思いながらも、俺と宵深は黙ったまま公園へと向かった。住宅街に近づくにつれ、人の気配が減っていく。

夜は暗く、黒く、木々の影は覆い被さってくるようで、俺は無意識に、宵深との距離をぴったり縮めてしまっていた。

「……怖いの？」

どこかからかうように、宵深が上目遣いに問うた。その仕草、そのまなざしは茜音にそっくりで――いや、元々そっくりな双子なんだから当たり前だが――俺はもしかして、自分が夢の中にいるんじゃないかと不安になった。

いい夢か、悪夢なのかはわからないけれど。

だけど確かに夢じゃない証拠に、宵深は俺の隣に立って、そっと俺の服の袖を引いた。微かにラベンダーの香りがする。

程なくして着いた公園は、記憶の中よりも少し小さく、何も特別なところのない、ただ大きい普通の公園だった。

入る瞬間、少しだけ心拍数が上がって、目眩《めまい》がした気がしたけれど、でも本当にただの公園だ。何も怖いことなんてなかった。

だけど何も変わってない。記憶の中と同じ公園。

この入ってすぐの所の、花壇に囲まれた小さな噴水も。

「……懐かしい？」

「膝が痛くなってきた」

俺が苦笑いで答えると、宵深はくす、と笑った。

小さな頃、この噴水の周りで遊んでいた俺は、飛び越えようとしたレンガ造りの花壇の角に膝をしこたまぶつけたのだった。

幼さゆえの無謀《むぼう》さか、完全に飛び越えられると思って躊躇《ちゅうちょ》もなく飛んだせいで、当然ながら俺の膝は無傷では済まなかった。

幸い骨を折るまでには至らなかったけれど、今でも傷跡が残るくらい、たくさん血が出た。

だけどその時「痛い、歩けない」って泣く俺を見て、大人しいはずの宵深は果敢《かかん》にも俺を背負って、家まで連れ帰ろうとしてくれたのだ。

すぐに通りを行く大人が気が付いて、代わりに抱き上げてくれたけれど、それまでの五分か、十分か。当時はそんなに身長も変わらなかったけれど、自分より少しだけ高い俺を背負って、彼女は黙々と歩いた。

きっとあの時だ。それまでろくに区別のつかない『お隣の双子』が、『宵深』と『茜音』になったのは。

そして宵深は、あの時から俺にとって特別な人だ。

「寒い？」

噴水の周りのベンチに腰掛けると、宵深が体育座りするように、両足をパーカーの中にしまい込んだ。

「虫が」

宵深が少し嫌そうに言った。確かに蚊《か》だとか、わからない虫も居そうだ。辺りはずっとリーリー、ジジジジと、名前も知らない虫がずっと鳴いている。

空を見上げると、薄い膜《まく》を被ったような欠けた月が、ぼんやりと雲の間で光っていた。

こんな時間に二人で外にいることが、本当は良いことじゃないとは思ったけれど、このままずっと、二人で空を見上げていたい。

でもそんなわけにはいかないので、俺は今日一日のことを手短に話した。

お巡りさんに声をかけられたこと、ＳＮＳの梨本さんと加賀見さんのやりとり、そして小川の話。

宵深はじっと、表情も変えずに黙って聞いてくれていた。

「梨本さんもだけど、俺……なんだか『スバル』が可哀想でさ――まぁあくまで俺達の勝手な想像で、犬にそこまでの考えはないかもしれないけど」

それに奇《く》しくも自分と同じ名前であるせいで、余計に親しみを感じてしまって、おかしなことを言ってしまっているかもしれない。

「それに家族が突然いなくなるのは、犬だって人間だって辛いだろ？」

「……一人に戻るだけ」

だけど宵深はしばらく黙って、そう静かに言った。

「どんなに一緒にいたって、命は、本当は独りだよ。生まれた時から」

「宵深……？」

それだけ言うと、宵深はぷいっと俺から顔を背けて——代わりに、俺の肩に背中を預けるように座り直した。

相変わらず宵深は、俺よりも少し体温が高い。

「…………」

俺は何も言えなくて、そのまましばらく彼女の重みと体温を感じていた。

宵深は今、独りなのだろうか。

茜音も、お母さんも居ない家。父親も変わり者だと聞いている。

それでも、今、俺がここにいることで、少しは彼女の孤独を癒《い》やせていないのだろうか。

「加賀見さんとしては、まぁ……正直彼女が盗んでない、という確信は持てないんだろうな。せめて仔犬を盗んだ犯人がはっきりすれば、また話は変わると思うんだけど」

でもそんなことを聞く勇気は、今の俺にはまだなくて、俺は無理矢理話題を戻すようにそう言った。

「宵深はどう思う？」

けれど返事はなかった。

まあ宵深が返事をしてくれないのは珍しいことではないけれど。

「……宵深？」

でもなんだか、心なしかさっきから肩が重くなった気がする。

「宵深」

そっと彼女の顔を伺うと、案の定宵深は眠ってしまったみたいだ。

確かにもう深夜一時近い。

「ごめん、もう帰ろう。宵深、起きて、宵深」

気持ちよく寝ているのを起こすのは忍びないが、このままというわけにもいかないので、宵深を揺するようにして起こした。

「ん……」

首をがっくりとして、宵深が薄く目を開ける。

「家に帰ろう」

そう声をかけて先にベンチから腰を上げたが、宵深は睡魔と格闘するように、まだぼーっとしているようだ。

「……おんぶしようか？」

噴水が目に入って、俺は宵深におずおずとそう伝えた。

「そんな……私、きっと重いから」

「宵深だって俺をおぶれたんだから、大丈夫だよ」

ほら、と彼女の前でしゃがんで背中を向ける。

宵深はおそるおそる俺の肩に手を掛け、しがみつくように首に腕を回して——けれど、すぐに体を離した。

「無理！　無理だよ！　私やっぱり……こんなの恥ずかしい」

暗い夜の公園でもはっきりわかるほどに頬を赤く染めて、宵深がいやいやした。

「じゃあ、なんならこっちで？」

横抱きで——お姫様抱っこもいい。もしくはお米様抱っこでも。

そう俺がジェスチャーすると、宵深は更にぶんぶんと首を振る。

「やだ。もっと恥ずかしくてやだ……大丈夫、今ので目が覚めたから」

「そっか」

なんかちょっと残念だけど。

もう行こうか、そう宵深を促して歩き出そうとする俺の手に、不意に宵深の温かい指が伸びてきた。

「じゃあ……私が歩きながら寝ちゃわないように、ちゃんと連れて帰って」

「う、うん」

言われるまま、指を絡《から》めるように彼女の手を握って歩き出した。

俺も、彼女も背が伸びて、手も大きく、指も長くなった。なのに宵深の手があの頃より小さく感じるのは、俺の方が大きくなったからだろう。

でもあの時と同じ体温だ。

何も話はしなかったけれど、深夜のおかしな時間であるせいか、宵深は普段よりも少し俺との距離が近い気がする。

嬉しかったせいで、帰り道はあっという間だった。

「おやすみ、また明日」

枯れたラベンダーが強く香る二つの家の玄関前。眠そうな宵深に軽く手を振って――でも俺は咄嗟にまた「宵深」と彼女を呼び止めてしまった。

「…………」

「やっぱり、なんでもない。ごめん」

でも自分でも何が言いたいのか、何を言えば良いのかわからなくて、改めて手を振った。

その手を、宵深がぎゅっと摑んだ。

「――うれしかった」

「え？」

「昴が戻ってきてくれて。ちゃんと。大丈夫。わたし、たち、ずっと昴を信じてたから」

「…………」

宵深はそれだけ言うと、そのまま俺に振り返ることもなく、足早に自分の家に戻ってしまった。

ぎゅっと心臓を捕まれた気がした。

赦《ゆる》された――いや、安堵じゃない。これは罪悪感。

どうしようもない罪悪感だ。違うんだ、そうじゃないんだ。

「……本当は、このままずっと忘れてしまうつもりだったんだ」

ラベンダーの香りだけが残る軒先で、俺は暗闇に向かってそう呟いた。

6

夕べの宵深はいつもよりも饒舌《じようぜつ》で、昨日は特別な夜だったような気がしたけれど、翌朝俺を迎えに来てくれた宵深は、普段より少しだけ眠そうなくらいで、いつも通りの宵深だった。

天気は雨。

傘を差して歩いているせいか、むしろ普段以上に遠く感じる。

それでも駅について傘をたたむと、それは気のせいだとほっとした。

いつも通りじゃなかったのは、駅で小川に会ったことだ。

小川は澄《す》ました表情だったけど、宵深は小川を見て少しだけ眉間に皺を寄せて変な顔をした。この二人、やっぱり何かあったのかな？　と思ったけれど、聞けないまま満員電車に揺られ、最寄りの駅に着いた。

学校まではもう一本バスに乗らなきゃいけない。

「あのさ、宵深、今日も放課後は先に帰っててくれる？」

バスを少しだけ待つ間、俺はじっと俺の横に立つ宵深に言った。

「………」

くわっと彼女が目を見開き、恨みがましいまなざしで小川を睨《にら》んだ。

「違う。僕、今日塾だし、誘われてない……」

小川がふるふると怯《おび》えるように首を横に振る。

「あ、そ、そうじゃなくて、梨本さん……『スバル』の飼い主だった彼女が、同じ駅を使ってるって言ってたから、待っていたら話ができるんじゃないかって思って」

慌てて間に入って、そう説明すると、宵深はフン、とまだ納得しきれないように鼻を鳴らした。

だけど鍵がかかっていたので、梨本さんにSNS経由で直接DMを送ることはできない。

ただ、スバルを迎えに来たのが夕方だったことを考えれば、もしかしたらそのくらいの時間に駅で待っていたら会えるかもしれない。

「お節介かもしれないけど、このまま彼女がスバルに会えないのは、なんだか俺も心残りだから」

両方から話を聞いて、状況を聞き比べてみたら、犯人は見つからないまでも、もしかしたら梨本さんの冤罪《えんざい》を晴らしてあげられるかもしれない。

「私も」

だったらいっしょに行くと、宵深が言った。

「遅くなるかもしれないし、お父さん心配するんじゃ？」

昨日の今日だ。あんまり遅くまで連れ回すのは気が引ける。

「…………」

なのに彼女は少し怒ったように俯くだけだったので、隣の小川が肩をすくめた。

「まあ、いいんじゃない。どっちにしろ二人ともほどほどの時間にすれば」

「まあ……そうだね」

「気持ちはわかるけど、犬はどうやっても一匹なんだから結果は決まってるし、あんまり入れこみすぎない方が良いよ」

小川はそういうと、宵深に気を遣ってくれたように、ちょうど来たバスに一足早く乗り込む。

そうして、少し離れた所に立つ彼の助言が多分正しいこともわかっていた。俺が関わることじゃないって。

だけどもしあの時、俺がスバルを見つけていなかったら、SNSに投稿していなかったら、未来は違ったかもしれない。

でも、同時に加賀見さんの所に帰れて良かったとも思う。

俺は間違ったことはしていない。だけどそれでも、自分の選択のせいで、誰かが苦しんでいると思うのは心が痛む。

結局のところ、何もしないままでいるのがすっきりしないだけだ。手を尽くしたと自分が納得できるだけは動きたいのだ。

俺は『何もしない罪』を、もう散々犯《おか》した後なんだから。


そうして一日授業を終わらせ、そのまま駅前で梨本さんを待つことにした。

新琴似駅の改札は一ヶ所だけ。

改札前で待てば、見逃すことはないだろう。

「十九時まで待って駄目なら帰るよ。そしたら、もう縁がないんだって思って諦めようと思う」

宵深にというよりは、自分自身に言い聞かせるように言って、俺達は改札の周りで時間を潰した。

駅の中のパン屋で買った菓子パンで小腹を満たし、『新ちゃん』とかいう謎のくまの石像のことを、見知らぬおばあさんに聞かされたりなんかしているうちに、気が付けば十八時半を過ぎた頃だった。

「あ……」

パンツスーツの女性が改札を出て——そして、咄嗟にベンチから立ち上がった俺に気が付き、足を止めた。

その怪訝そうな表情は、記憶の端っこから俺を思い出そうとしているようだったので、俺から頭を下げた。

「あの、この前は、どうも……動物病院で」

「あ……」

そこでやっと俺が誰なのか気が付いた彼女は、ぎゅっと顔を顰めた。

「いや、あの！　梨本さんがスバル君に会わせて貰えないって聞いて……なんだか俺も、すっきりしなくて」

「あっちは……本気で私がスバルを盗んだって、思ってるみたい」

どうやら警戒心を解いてくれたらしい彼女が、苦しげに言った。

「仔犬を盗んだのは、『若い女性』だったんですってよ。でも加賀見さんの家から、直線距離でも４ｋｍ以上は離れてるのよ。生活圏も全然別だっていうのに、なんでスバルを見つけて盗むって言うんだろ」

それに私、そんな若いってほど若くないし……と梨本さんは不満げに呟いた。

十分若いと思うけれど、女性の年齢はよくわからない。

「せめて真犯人が見つかったらいいんですが」

だけど彼女は、頷くのではなく俺に溜息を返した。

「でももう……あの子は私の家族じゃないから、会っても意味はないかなって思うようになってきたの。諦めたっていうか……」

「本当ですか？」

「だって……飼い主はもう私じゃないんだから」

彼女は俺から目をそらして頷いた。いじけるような、そんな弱々しい声だ。

「家族だったなら、離れてたって家族だと思いますよ。俺、最近両親が離婚したけど……だからって妹をもう他人だなんて思ってないですよ。確かにもう簡単には会えないけど」

「あ……」

「でも……本気で『もう会わなくていい』って思ってるなら、それでもいいと思います。すみません、無駄な時間を取らせちゃって」

「待って！」

梨本さんに頭を下げて立ち去ろうとすると、彼女は慌てて俺を呼び止めた。

「……そっか。そうだよね。家族だったら、簡単に諦められなくったって、仕方ないよね」

梨本さんの両目から、じわっと涙が溢《あふ》れ出てくるのが見えた。

「でも……あっちは全然、私の話聞いてくれないんだ。私、本当にスバルを盗んだりしてないのに……」

はらはら涙がこぼれだしたので、彼女は一度駅を出て歩こうと言った。

彼女の毎日の通勤路だ。見知った人に会いたくないからか。それに外はまた雨が降り始めている。涙を隠すのにはちょうど良いのだろう。

駅前の花壇で足を止めると、彼女は俺達に「二人は信じてくれるの？」と不安げに聞いた。

「ええ、まぁ……」

俺的には、逆に彼女を疑う要素がそんなにないように思われた。芽生花ちゃんもそうだけれど、服装なんかを見るに、彼女はそれなりに収入があるように思える。

靴もピカピカだし、ペットショップだったり……いやむしろブリーダーさんだったり、譲渡会といったきちんとしたプロセスを踏みそうな印象がある。

そんなちゃんと働いていて収入もある女性が、数キロ離れた隣町で、見知らぬ子供の手から、犬を盗んで育てるようには思えない。

「でも、何を言っても信じて貰えないの。私を犯罪者みたいに言って、広めて……」

「犯した罪の証明はできても、犯していない罪の証は存在しない。やっていないことの証明はできないから」

不意に宵深が言った。凛《りん》と低い、よく通る声で。

「……そうね、その通りだと思う」

「でも、犯人が犯した罪の事実は存在する。無実を証明したいなら、存在する罪を証明するしかないです」

梨本さんは唇をきゅっと横に結び、頷いた。

宵深の言うことは尤《もっと》もだ。でも、問題はその『存在する罪の証明』の方だ。

「だけど私だって、犯人に会ったり、見かけたことがあるわけじゃないの。私はただ雨の中一匹でうろついていたあの子を保護しただけだから」

「それでも犯人には理由があります」

梨本さんが困ったように言うと、宵深は静かに頷いた。

「犯人は何故、仔犬を盗み、そしてまた捨てたか、です。なぜリスクの上で罪を犯し、そしてそれなのに手放したのか。犯人は加賀見さんの子供が散歩中に、しかも公園でその手から仔犬を奪って持ち去っています。それはつまり、日中の人目につく時間に犯した犯行です」

「そうか、それは確かに……」

加賀見さんのお子さんはまだ小学生だと聞いた。小さなお子さんが、夜遅い時間に一人で仔犬を散歩させるとは思えない。

実際他の子供の親が間に入って守ってくれたというから、仔犬の誘拐《ゆうかい》は公衆の面前で行われたことだったんだろう。

「容易《たやす》く金品に変えられる。或《ある》いは人目に付かない、盗みやすい状況にあった――今回は、そのどちらでもない」

まぁ仔犬を盗んで売る……ということも考えられなくはないが……。

「言い方は悪いけれど、あの子は明らかにMIX犬で、所謂血統書付きのわんちゃんのような市場価値みたいなものはないと思うんだけど……でもすっごい可愛かったから……」

ころころで、ご飯食べるとお腹重くて立てなくなっちゃうくらい！　と、彼女は俺達に、仔犬の頃のスバルを見せた。

いやいや、まぁ確かに可愛いかっただろうけれど――なっ！　いや！　すっごい可愛いな⁉　なんだこれ‼

「可愛い仔犬だからって、飼い主の目の前で連れ去るのは、確かにちょっとリスキーですよね……いや浚《さら》いたいくらい可愛いけど……」

「そうなのよ……浚いたいぐらい可愛いのはわかる……」

「うう……可愛い……」

俺と梨本さんは真顔でうなずき合った。

「でも金銭的な価値という点では、ブリーダーでもなければ個人売買は難しいだろうし、もし違法ペットショップみたいなのがあって、買い取って貰えるとしても、店頭で売りやすい仔犬ではなかったと思うし、高値にならないのは確かだと思うわ」

「だとしても、売るために盗んだなら、安価でも売りますよね」

わざわざ売れない仔犬を、盗むとは思えないし、よしんばそのために盗んだとしたならば、安くても結局売るだろう。でなければ餌代《えさ》などもかかってしまう。

「買い取って貰えなかった……とか？　可愛いので浚ってみたけれど、売れなかったし、餌代もかかるので捨てたんですかね。だからこそ元々盗んだものだし愛着もなく紐で繋いだり、手放せたのかも」

そういうことなら考えられなくもないが……その『違法ペットショップ』みたいなのは、本当に存在するのだろうか？　都市伝説の類《たぐ》いなんじゃないのか？

「曖昧《あいまい》なことを議論しても仕方がないです。まず仔犬を拾った時の状況を話してください。できるだけ詳しく、思いつくことはすべて」

仔犬スバルの可愛さに惑《まど》わされずに宵深が言った。

確かにそうだ。曖昧では所詮《しよせん》想像ばかりで意味がない。梨本さんも頷いた。

「天気の悪い日だったわ……そうね、今よりもたくさん雨が降っていた」

ポツポツと傘にあたる雨を上目遣いで見ながら、記憶を辿《たど》るように、最初は自信がないような弱々しさで。けれど雨音に鼓舞《こぶ》されるように、彼女はとつとつと当時の事を俺達に語り出した。

7

天気の悪い日だったわ……そうね、今よりもたくさん雨が降っていた。

一日不安定なすっきりしない天気だと思っていたら、午後から断続的に雨脚《あまあし》が強まってね。私、その日は歯医者さんの予約をしていたから、いつもより少し早めに営業先から直帰したの。

診察中、また一時的に雨が酷くなっていたみたいで、診察台に横になっていても聞こえるほどの雨音と雷がなっていたわ。

幸い雨脚が弱まったところで、「ちょうど良かったですね」って先生に見送られながら病院を出た。

そうして歩き出したら、道路の端をちょろちょろ泥《どろ》だらけのあの子が歩いてた。

グリーン公園の向こうに、昔からある大きな牧場があるでしょう？　ほら、ファミレスや回転寿司がある通りの——ずぶ濡れで、車通りも多いから慌てて抱きかかえて、家に連れて帰ったの。

拭《ふ》いてやって、あったあためて……ネットで調べたら、遅くまで診てくれる動物病院があったから、少し離れてたけれどそこに連れて行った。

幸いとくに異常はなくて、そしてチップは入っていなかった。

栄養状態もそんなに悪くなかったし、ノミやダニもついてなくて……だから直前まで誰かに飼われていたかもしれないけれど、お散歩デビューにも少し早い週数だろうから、きっと捨てられたんだろうなって話になったのよ。

加賀見さんの家は手稲《ていね》の方なの。私、あんまりそっちの方には買い物にも行かなかったし、行ったとして少し離れているから、迷い犬のポスターはあまり真剣に見なかったと思う。

だからその時も、その後も、彼女がスバルを探して、周辺施設に貼っていたっていうポスターには気が付かなかった。言いわけみたいに聞こえるかもしれないけれど。

……可愛いと思ったのは確かだわ。

あの子に運命を感じたのも。

誰かに飼われていたのはわかったけれど、でも本当に小さいし、あまり外に連れ歩く週数でもないから、迷子も考えにくかった。

でもそれだけじゃないの。首輪はしてなかった。でも代わりにあの子の首には切られたパラコードが首に結ばれていたの。

そのせいで、首には擦《す》り傷ができていた。首が絞まるかもしれないし、首の骨を痛めてしまうかもしれない。

獣医さんも「あまり良い管理をされていなかったかもね」と言っていた。

名前を付ける前の仔犬に、色違いのリボンを結ぶのは珍しくないけれど、硬く細いロープっていうのはちょっとね……って。

だから思ったの。この子は首をパラコードで結ばれて、柱かどこかにくくりつけられていたんだろうって。首の擦り傷は、多分そのせいでついたんだろうって、先生も言ってたから。

可哀想に、前の飼い主はこんな小さくて可愛い仔犬を、紐で縛り付けるような酷い人だったんだって、想像したら涙が出た。

だから、よく無事に逃げてきた。もう大丈夫。私が絶対に守って、大切にしてやるんだって思ったわ。

ちょうど結婚を考えていた彼と別れて、色々整理したいって思っていたところだったから、近くに一階で庭付き、動物可の中古マンションを見つけて、すぐに買ってそこに引っ越した。

すくすくと病気もなく、素直に元気に育ったわ。

時々言うことを聞かずに手を焼くこともあったけれど、でもそんな所も可愛かった。

「だけど加賀見さんは、あの子が誘拐されたのは晴れの日で、パラコードなんかで縛ってないって、ものすごい怒ってたわ。でも私は嘘なんてついてない」

梨本さんが苦々しく呟いた。

「パラコード？」

宵深が語尾を上げて俺を見た。

「ああ。パラコードって、パラシュート用の軽くて丈夫なロープなんだけど、強度があるからキャンプとか登山の時にも使われてるんだ。中に芯が入ってるナイロンロープだよ」

うちも父さんがキャンプ好きなので、テントを固定するガイロープ代わりに使ったりしている。

「そうそう。しかもね、あれ、百均のだったの」

私も持ってたから、多分間違いないわと、梨本さんが言った。別れた彼氏がキャンプブームに乗っかっててさ、と、ちょっとだけ嫌そうに言って彼女は顔を顰めた。

「ヘアゴムぐらいの太さの硬いコードよ。ナイロン製だからそんな伸縮もしない。仔犬だから、成長に合わせて首輪を買い換えるつもりっていうのもわからなくはないけれど、それならパラコードじゃなくていいでしょ？」

しかも同じ百均に行けば、今は仔犬用の首輪くらい売ってるのよ、と彼女は続けた。

確かに聞けばますます、仔犬を大事にした扱いには聞こえなかった。

「とはいえ……アウトドアに限らず、編んでバッグを作る人や、それこそコードを組紐みたいに編んで、アクセサリーや自作の首輪を作る人もいるし、そこから犯人を絞っていくのは難しいとは思うけれど……」

梨本さんの言うとおり、そこから何かがわかるか？　と言われてしまうと、確かにありふれた百均のアイテムだと聞くと、犯人の手がかりにはなりにくいだろう。

けれど宵深は「いいえ」と短く言って首を振った。

「だとしても、これではっきりしました。盗んだ犯人は、愛情や愛着から仔犬を盗んだわけではない」

確かにそうだ。そしてそれは愛ゆえに犬を取り合う飼い主二人のイメージとも一致しない。

「そしてさっきも話したとおり、仔犬に金銭的な価値を求めたというのも、また疑問です」

「だったら、盗んだ理由はまた別……ってことね。でも、他に何かある？」

梨本さんに問われて、宵深は少しだけ首を傾げた後、すっと目を細めた。笑ったのだろうか。

「わかりませんが――ひとつ考えられるのは怨恨《えんこん》だと思います」

「怨恨……誰かが恨んでるってこと？」

「はい。その場合は多分、貴方ではなく『加賀見さん一家』に向けられたものではないかと思います。貴方が仔犬を拾ったのは偶然でしょう。やはり犯人は加賀見さんを狙って仔犬を盗んだのではないかと思います」

「そう……加賀見さんを……？　あ……」

その時、確かにはっとしたように、梨本さんの表情が変わったのが見えた。

けれどほとんど同時に、俺のスマホからメッセージの着信を伝える着信音が響く。

芽生花ちゃんからで、今日は遅くなるから晩ご飯は自力でね……という、ごく生活感の溢れた他愛ないものだったが、俺達から緊張感を奪うには十分だった。

「もうこんな時間だわ。二人はもう帰った方がいいね。ごめんなさい、遅くまで」

梨本さんが申しわけなさそうに言った。

「だけど話せて良かったわ。私、少しだけ貴方達のこと恨んでいたの。でも……こうやって信じてくれて嬉しかったし、良かった。人を呪《のろ》わば穴二つじゃないけれど……誰かを憎むって、自分の心も傷つくことだと思うから」

そんな風に寂しげに微笑む彼女が、やっぱりスバルを誘拐したりするようには見えない。

「……でもやっぱり寂しいし、不安だから、近々私もまた新しい子を迎えようと思ってるの。スバルを裏切るみたいで嫌だったけれど。保護犬の譲渡会に行ってみるつもり」

「裏切りとは違うと思いますよ」

「そうかな。だといいんだけど……」

彼女は苦笑いで俯いて、そして傘を閉じた。雨はいつのまにか止んでいた。

「自業自得で別れた癖《くせ》に、まだ時々元彼が連絡してきたり、家に来たりするから、犬がいるとちょっと安心でね。防犯的にもだけど……万が一血迷って、私の心が動いちゃわないように」

やっぱり男の人より、犬の方が良いわと彼女は笑った。

「でも、昴君みたいな優しい男の子だったら、彼女さんも幸せでしょうね」

にんまりと意味ありげに梨本さんが言って、宵深を見た。でも宵深は自分に向けられた言葉だとは気が付かなかったようで、使っていた折りたたみ傘を、丁寧にたたみ直している。

梨本さんが何か言いたそうに俺を見たので、首を横に振って答えた。そうですよ、宵深は俺の『彼女』じゃないんだ。

「世の中って、本当に思ったように上手くいかないわね」

再びどこか寂しそうに言った後、梨本さんは俺と改めて連絡先を交換して、駅を後にした。俺達もいい加減、家に帰らなければ。

帰り道、一度上がったように思った雨が、またすぐに降り出した。

宵深は再び傘を差さずに、俺の傘にそのまま逃げ込んできたので、俺の右肩と右肘《ひじ》はびしょびしょになったけれど、やっぱり今日は良い日だ。

誰かの歌みたいに、告白する勇気は持てなかったけれど。

8

加賀見さんはSNSのアカウントを消してしまっていたが、当初キラの引き取りのために電話番号なんかを教えてくれていた。

幸いそのやりとりの履歴だけは残っていたので、俺は駄目元で、加賀見さんに直接連絡を取ってみた。

警戒されたり、怪訝に思われるだろうと思っていたけれど、どうやらお巡りさんから俺が短い間とはいえ、『キラ』を大切に扱っていたことや、飼い主が見つからなかったら、俺が飼おうと思っていたことを聞いていたらしい。

それに、俺の名前が昴――梨本さんが付けた、キラと同じ名前だったことも。

短い期間ながら愛情を抱いた俺が、キラの新しい生活を知りたいというのを、彼女は快諾《かいだく》してくれた。

慌ただしく病院から連れて行くことになり、その後梨本さんとトラブルになったこともあって、俺にお礼も何もしないままだったということも、気にしてくれていたらしい。

電話かメールでやりとりできれば……くらいに思っていたが、加賀見さんは俺と宵深を土曜日、家に招待してくれたのだった。

加賀見さんの家は新川《しんかわ》を挟んで対岸の街・発寒《はっさむ》の、白い恋人パークからそう遠くない場所にあった。

交通の便が良く、住宅地と商業地、自然のバランスが良い街で、新琴似からもそう遠くはないけれど、普段わざわざこっちまで買い物には来ない――という、梨本さんの話も嘘ではないだろう。

正直俺でもちょっと地元で欲しいものが見つからなかったら、発寒ではなく札幌駅の方に行くからだ。

加賀見家はまだ新しさの残る綺麗な白い一軒屋で、インターフォンを鳴らそうと玄関前に立った瞬間、家の中からウォンウォン！　と犬の声が響き渡った。

スバル――キラかと思ったけれど、どうやら二匹いるようだ。インターフォンを押すと、更に二匹の声が大きくなった。

宵深がちょっとだけ、俺の後ろで身構える。

『はーい』と返事が聞こえて、程なくして加賀見夫人がドアを開けて迎えてくれた。

まだ若く、小柄で緩くうねったおかっぱ頭の、温厚そうな女性だ。

玄関前の廊下には子供用の柵《さく》が設けられていて、その向こうで小学校低学年くらいの女の子と、幼稚園児くらいの子供を抱いた加賀見さんの旦那さん、そして犬が二匹――一匹はキラ、もう一匹はキラよりも体高の高い、おそらく普通のハスキー犬が、俺達を見て嬉しそうに吠えていた。

「すみません。二匹とも人が大好きすぎて……見た目は少し怖いですが、噛んだりはしないので、安心してください」

チャカチャカと床に爪《つめ》を打ち付け、うぉううぉう興奮する二匹を前に、宵深が完全に俺の背中に隠れたのを見て、旦那さんが慌てて言った。

一見少し神経質そうな空気はあるものの、背が高く、包容力のありそうな旦那さんだ。声が優しい。

「キラ君、聞くまでもなく元気そうですね」

「ええ。子供達もいますし、ああ見えて母犬の同じ妹のサンも一緒ですから、毎日本当に楽しそうにしているんです」

俺達をリビングに案内しながら、奥さんが教えてくれた。

なるほど、隣のハスキー犬は、キラより大きいけれど妹なのか。

ちょっとだけ撫でさせて貰うことにすると、キラは俺のことを覚えていたのか、一目散に駆けてきて、俺の顔をべろべろに舐《な》めた。

でも元々そういう性格なのかもしれない。何故ならサンの方もドドドドドとすごい勢いで走ってきたかと思うと、後頭部や体全体をこすりつけるようにして、宵深にこれでもかと甘えていた。

宵深は最初怯えていたが、強面《こわもて》のサンが全身で『好き』を表現してくるのにデレてしまったようで、気が付けばそのフカフカの首に腕を回すようにして、サンを抱き締めていた。

俺もちょっとくらい強引に要求すれば、あんな風に……いや、さすがにそう上手くはいかないか……。

そのつもりじゃなかったが、結局存分に『わんこ分』を摂取させてもらった俺は、俺の膝で昼寝をはじめたキラを撫でつつ、さっそく本題に入った。

「急に環境が変わっても、この調子ならすぐに慣れてそうですね」

「ええ」と、奥さんはにっこり笑った。

「ここで暮らしたのは二週間くらいだったのに、トイレの場所とかも、ちゃんと覚えていたみたいです。サンとは最初の一日はお互い緊張していたんですけど、サンの方が甘えん坊なので、次の日の朝は仲良く寝ていました」

「そうですか。安心しました」

確かに安心はした。でも、同時に少し寂しくもなった。キラは、スバルは、梨本さんのことをすっかり気にしていないみたいだから。

勿論、悲しんで寂しがるよりもいいだろう。キラに自分の居場所は選べないはずだから。

なんだかすごく複雑な気分だけれど、家族の多い生活は、きっとこの子にとって幸せだろうとも思う。

下のお子さんがぐずりだしたので、旦那さんがお昼寝をさせに二階に連れて行った。

「お休みの日は、夫が当番なんですよ」

子育て熱心なお父さんなんだな……と思った俺に、奥さんが先回りするように言う。

なんとも穏やかな昼下がりだ。

サンはしっかり宵深の隣をキープし、気が付けば加賀見家の小一の女の子も宵深の隣を陣取って、二人で折り紙をしている。

「これ、なぁに？」

「ダリア」

「ダリアってお花？」

「そう。花の王様」

そうだ、花だ――懐かしい。

あんな風に、よく宵深と茜音、二人で折り紙をしていたのを思い出す。

あんまり平和な時間が流れすぎていて、俺は逆になんだか居心地の悪さを感じた。

「……SNSでもちょっと騒ぎになってたみたいなので、心配したんです」

だからといって、空気を悪くしたかったわけではないが、少し苦めの紅茶を一口啜《すす》って切り出すと、それまで笑顔だった加賀見夫人の表情がこわばった。

「もう警察にも相談しました。あの人、またきっとキラを浚《さら》おうとしているんです」

「実は梨本さんからも話は聞きましたが……少なくとも僕達は、彼女がキラを盗んだ犯人とは違うと思いました」

それでも俺が反論すると、奥さんの顔がはっきりと怒りに歪《ゆが》む。

「犯人の顔は娘しか見ていないので、はっきりはわかりませんけど、『しらないおねえさん』――つまり若い女性だったって聞いています。思い当たるのは彼女だけです」

「この札幌で、『しらないおねえさん』は、梨本さんだけですか？」

丁寧に折り紙の角を揃え、すーと指先できっちり折り線をつけながら、宵深が顔の上げずに言った。

「そうじゃ……ありませんけれど……」

「だったら、どうして梨本さんが犯人だと断言できると？」

「それは……確かに彼女が犯人だと断言はできませんが、同時に違うという確信も持てないからです」

宵深の質問に、いつの間にか下に降りてきていた旦那さんが冷静に答える。

「小春《こはる》は、ちがう人だと思う……」

その時、両親を遮るように、娘さんが小さな声で言った。

「娘はそう言いますが、まだ幼稚園の頃です。覚えてなくて当然です。やはり本当に梨本さんが犯人ではないという確信は持てないと思っています」

けれど旦那さんは娘の言葉を信じていないようだ。娘さんが拗《す》ねたように唇を尖《とが》らせる。

「確信ですか。確信していただけるかどうかまでは、わからないですが……」

だから俺は梨本さんから聞いた先日の説明を、できるだけ詳しく、細かに話した。

仔犬がどんな状態でさまよっていたか、彼女が何を思っているか。

「そうですか……仔犬を、パラコードで」

旦那さんが苦々しく言った。

「最近のブームに乗ったわけではないですが、我が家も子供達をつれてキャンプをするようになったので、家にもあると思います。でもまさかそんな……仔犬に使ったりはしませんし」

きっぱりと旦那さんは否定した。でもそれはそうだろう、もう大きくなったキラもサンも、こんなに見るからにのびのび愛されて暮らしているのだから。

「……確かに、そういうことだったなら、警察に届けなかったという話も理解できなくはないですね……ただし、それが本当なら、ですが」

奥さんが低い声で言った。はじめは理解したような口ぶりではあったものの、やはり加賀見さんの不信感もなかなか拭《ぬぐ》えそうにない。

「少なくとも、仔犬が盗まれた日と、彼女が見つけた日は別だと思います。雨の中、子供を仔犬と公園で一人にされないでしょう。仔犬を抱いていたら、傘だって差せない」

「だから、彼女の言っていることが本当だったら、ですよね、全部」

俺がなおも話を続けたけれど、彼女はそんな根本的な部分から覆《くつがえ》そうとした。

「そこを疑われてしまったら、何も言えなくなってしまうんですが……」

「でも、そうじゃありませんか？　それに私、ＳＮＳで彼女の知り合いだという人から連絡も戴いてるんです。彼女、かなり嘘つきで、しかもトラブルの多い女性だって。ご存じですか？　彼女、以前住んでいたアパート、周辺の人と揉めて追い出されてるって」

「アパートを、ですか？」

「ええ」

「ちょうど恋人と別れたタイミングで仔犬を拾って、いい機会だと近くのペット可で庭のあるマンションを中古で購入した、っていうのは聞きましたが……」

「だから、そういうのだって言い方一つよね？」

「確かにそうですけど……」

ネット上の『自称・知り合い』こそ、いったいどこまで信憑《しんぴょう》性があるのかわからない。エリだって散々瞞《だま》されていたし――とは思ったけれど、これも言ったところで、また言いくるめられそうだと思ったので、飲み込んだ。

「正直、私達はもう終わったことだと思っているんですよ」

俺達の間に入るように、旦那さんが言った。

「キラを見つけてくださったことや、こうやってお気遣いくださっていることには大変感謝をしていますが、キラは帰ってきました。今では子供二人、犬が二匹で、我が家は大騒ぎですが……やっと家族が全員揃ったんです」

彼はそう言って、すっかりくつろぐ『家族』を見渡していった。

「だからこの件は、これで終わりにしたいんです。たとえ梨本さんが犯人だったとしても、私達はこれ以上彼女を責めようと思ってはいません。その代わり、彼女にはもう二度と関わらないで欲しいんです。私達は静かに暮らしたい。それだけなんですよ」

キラだって、彼女のことはもうすっかり忘れているようです――と、彼は付け加え、彼は慈《いつく》しむような目で『子供達』を見た。

結局、加賀見夫婦が梨本さんを犯人扱いしていることに変わりはない。勿論一家の気持ちだってわかる。この人達は最初から被害者なのだから。

そして大切なのは今で、これから。過去の誰かの罪よりも。

「……確かに、そうかもしれないですね」

なんの恐れもない表情で眠るキラと、宵深の横で楽しそうな子供とサン。俺ももし親だったら、家族の穏やかな生活を守りたいと思うかもしれない。

梨本さんのこと、そして梨本さんから引き離されてしまったスバルのことが可哀想だとずっと思っていたけれど、でも――。

「『忘れる』のは、平気ではないからです」

その時、宵深の声が響いた。

「飼い主をそんな数日で忘れてしまうわけがない。忘れてしまわなければ辛いから、忘れたことにしているだけです。そんな簡単なことがわかりませんか？　いいえ、わかっているのに『家族のため』と言いわけして、自分に都合良く考えないようにしているだけです」

低くよく響く声は鋭利《えいり》で、まっすぐに俺の心臓をえぐった。

多分、加賀見さん夫婦の心も。

「嘘で誤魔化して、何が『家族』ですか。そんなの折り紙で作った花と同じ、どんなに丁寧に折っても香りもしない、枯れもしない、できの悪い偽物《にせもの》です」

「宵深……」

「行きましょう。ここにこれ以上いてももう意味はない」

宵深はなんだか怒ったように言うと、折り紙を子供の手の上に置き、挨拶もせずに立ち上がってすたすたと玄関に向かった。

最初呆然と彼女を見ていたご夫婦だったが、改めて俺が挨拶をして暇《いとま》を告げると、慌てたように玄関へ付き添ってくれた。こんな俺達にも見送りしてくれるらしい。

けれどちょうど目を覚ました下の子の泣き声がして、旦那さんは俺達に会釈《えしゃく》をし、寝室があると思しき二階へ向かってしまった。

玄関には俺達と、奥さん、犬達が残された。

別れの気配を察してか、キラは俺の足の間にぐいっと鼻っ柱を押し込んで、俺が靴を履く妨害をする。

「…………」

やっぱりこんな愛情深い生き物が、二年暮らした飼い主を忘れて平気なわけがない。

俺は改めてその頭を撫で、そしてかつての己を想った。

俺も忘れたかったのは、無理矢理忘れたのは、罪の意識に耐え切れなかったからだ
——双子のことが好きだったから。

彼女達に嫌われてしまうのが、その事実を知るのが怖かった。俺のせいで茜音が傷ついてしまったことも。

だけど忘れてしまっても、事実は消えない。犯した罪だって。愛情だって。

「誰かが恨んでいると思いますよ」

「え？」

『お散歩ですか！　私も一緒に行きます！』というように横でニコニコしているサンを、奥さんの方にぐいぐい押しながら宵深が言った。

「仔犬は貴方か、貴方のご主人を恨んだ人が、貴方達を苦しめるために盗み、紐で縛り付け、そして捨てたのだと思います」

「……どうして？」

きっぱりと言う宵深に、奥さんが急に不安げな顔をする。

「店の前に繋いでいたとか、誰もいない状況ならわかります。けれど今回は違います。しかも今は子供を一人にすることは普通じゃないでしょう。近くに親が、大人の目があると考えるのが普通では？」

「確かにあの時も、私が一瞬水道の所に行っていた間だった……」

「それでも実行したということは、犯人は貴方が子供と仔犬から離れていくのを、ちゃんと見ていた。犬を奪い去るタイミングを見計らっていた——計画性を感じると思いませんか？」

口の端を笑うように歪《ゆが》めて、宵深が言った。奥さんの喉《のど》がごくん、と鳴るのが聞こえた。

「犯人にとって、仔犬を飼うことや売ることが目的ではなかった。か弱い生き物を傷つけるためだとか、そういう猟奇《りょうき》性があったわけでもない——だったら何故なのか？『仔犬を浚う』という行為に、犯人にとってリスクを越えるメリットがなければいけないでしょう？」

「だから……犯人の目的は、『恨み』だっていうの……？　でもそんな人、私、全く思いつかないわ」

「そうですか。だったらご主人にうかがってみたらどうですか？　こんな大切な事なのに彼はこう言うでしょう。『もう終わったことだろう』って。きっと本当は貴方に追及されたくないからです。だって犯人は『若い女性』ですから」

「…………」

奥さんの顔を引きつらせ、唇を横に結んだ。その表情が怒りなのか、それとも不満なのかわからない。

「犯人はどんなリスクを犯してでも、貴方達を傷つけることが目的だった。そしてそれは無事叶い――けれど今再び、『幸せ』を取り戻しました。それを『犯人』はそのまま見過ごすでしょうか？」

サンは奥さんと宵深の間を、困ったように行き来していた。喧嘩《けんか》していると思っているのだろうか？

宵深はそんなサンの頭を愛おしげに撫でた。

「梨本さんを犯人だと思い込んで、それで終わりで別にいいですよ。どうぞ忘れてください――もし何かあっても大丈夫です。わんちゃん達は、ちゃんと私達でお世話してあげますから」

「……今すぐ出て行って」

奥さんの顔が怒りで真っ赤に染まったかと思うと、彼女は俺達を睨みつけて言った。

キラが足元でひゅうん、と鳴いた。悲しい声だった。

追い出されるように加賀見家を出た。

いや、宵深は追い出されたというよりは、自分から出て行ったような足取りだったが。

「宵深。さすがにあんな言い方は――」

「……暑い」

「へ？」

「ソフトクリームが食べたい」

9

唐突な宵深のわがまま？　に付き合って、俺達は近くの『白い恋人パーク』に向かった。

北海道土産で有名な白い恋人の工場やレストランがあるらしい。

有料の見学施設以外にも、童話の世界でありそうな欧州風の建物や、立派なガーデンなんかもある。

初めて行ったが、さすがに土曜日だけあって混んでいる。今日は天気も良いし、なんだか空気そのものが楽しそうだった。

宵深は相変わらず澄ました顔だ。いや、ちょっと怒っているかもしれない。

それでもソフトクリームを買って手渡すと、ちょっとだけ嬉しそうに笑ってくれた。

白い恋人パークだけあって、バニラ味のソフトはほんのりホワイトチョコレートの味がして、濃厚だ。ボリュームもあって美味い。

青空ににょっきり聳《そび》えたビックベンみたいなからくり時計が、午後四時を告げるのを眺めながら、ソフトクリームを食べ終えるまで、俺達はずっと黙っていた。いつも通りと言えば、いつも通りだ。

「……もう少し、別の伝え方もあったんじゃないかって思うよ」

「…………」

「あんな言い方して、宵深が悪く思われるのは嫌だ」

俺の忠告なんて聞こえないようで、宵深はずっとからくり時計を見ていた。シャボン玉が飛んで、人形達とチョコレート菓子の動物達が、楽器を奏《かな》で踊るのを。

「……きっと今、話してる」

「え？」

「あの二人」

「ああ……加賀見さん達が？　そりゃそうだろうけど……」

あんな言い方をされたら、即家族会議だろうが。

「もうすぐ電話が来る」

「加賀見さんから？」

「彼女はきっともう、他に誰も信じられないから」

そう呟くように言って、宵深が薄く笑った。昏《くら》い目で。

「宵深……？」

宵深はやっぱり、なんだか怒ってるみたいだ。どうしてか聞きたいと思ったその瞬間、本当に俺のスマホが鳴った。

「………」

誰からの着信かは表示されなかった。俺のアドレス帳にない名前だ。だけどその数字の羅列《られつ》にはなんとなく見覚えがある。

「――はい」

覚悟を決めて電話を取ると、それは宵深の言ったとおり、加賀見家の奥さんからの着信だった。

『さっきはごめんなさい……私、混乱してしまって……』

「いえ。誰だって突然あんなことを言われたら怒ると思うので」

申しわけなさそうな声で加賀見夫人が言ったので、逆に俺らの方が悪かったように感じてしまう。

『……色々考えたら、なんだか不安になって。だってもし貴方達の言うとおりだったら、またキラやサン、ううん、もしかしたら私や子供達が狙われるかもしれないって……そういうことですよね』

「もしかしたら、ですけど」

返事の代わりに、溜息が聞こえた。そりゃあそうだ。ただの脅迫《きょうはく》なんかじゃなく、実際に一度キラは連れ去られている。犯人が次に何をするかはわからない。

『それで……今ちょうど、買い物と言って家を出てきたところなんです。もしお時間があるなら、もう一度ちゃんとお話ししていただけないかなって……』

それは勿論構わないし、幸いまだ近くにいることを伝えると、奥さんは何度も「すみません」を連呼して、電話を切った。

待ち合わせもここからそう遠くない公園だ。良かった。さっさと帰ってしまっていなくて――いや、だからソフトクリームだったのかと、俺は隣の宵深を見た。

彼女は相変わらず涼しい顔していたが。


待ち合わせ先の発寒西公園は、グリーン公園と変わらないくらいの大きな公園で、遊具だけでなく、球場やテニスコートもあり、また周囲に大手スーパーが二軒あることもあって、見るからにグリーン公園よりも活気がある。

「ここです。ここでキラは攫《さら》われたんです」

合流するなり加賀見夫人が言ったので、俺は正直驚きを隠せなかった。

「ここは……ここで仔犬を盗むのは、さすがにちょっと、勇気がいりますね」

「当時はもっと平日の早い時間のだったので、ここまで人は居ませんでしたけど……でも無人ということではありませんでした」

天気の良い土曜日の夕方だけあって、買い物帰りの親子がいたり、犬の散歩をしていたりと、今が特に人通りの多い時間なのはわかる。

だけど平日の日中だからって、人が一人も居ない……なんてことはなさそうだし、通行人も多そうだ。

生け垣や柵も多くなく、死角が少ない。開放感がある。

宵深の言うとおり、『盗みやすい状況』とは思えない。それでも仔犬を連れ去ったというのは、間違いなく偶然や衝動的ではなく、キラは『狙われた』のだと思った。

「このベンチで娘とキラを待たせていたんですよ」

奥さんに案内されるまま、遊具のエリアのベンチに向かい、三人で腰を下ろした。

「『犬は被害品にならない』って言われたんです」

座るとほとんど同時に、奥さんが悔しげに呟いた。

「だから盗難届ではなく、遺失物としてしか、扱って貰えませんでした。その時は『そういうものか』って思ったんですけど、キラを保護してくれた時のお巡りさん達は、それを聞いてちょっと困った顔していたから……多分ちゃんとした対応をして貰えてなかったんだと思います」

この前のお巡りさん達が親切な人なのは確かだと思った。でも加賀見さん達が頼ったお巡りさん達はそうじゃなかったんだろう。

担当者によって罪が変わるのは、正直正しいことには思えないが、でも残念ながら実際にそういう『当たり外れ』みたいなものが存在するっていうのは、俺も知識として聞いたことがあった。

「もし盗難という形だったなら、近くの防犯カメラを調べるとか、もう少し調べて貰えたんじゃないかなって思うんですけど、でもそういうことは一切なくて。親切なお巡りさん達も、今からでも調べられることは調べてくれるって言ってくださったんですが……」

だけど二年も経っている。周辺の防犯カメラの映像はもう残って残っていないだろうし、目撃者もわからない。

それならいい。キラは戻ってきたのだから、もうこれでいいのだと旦那さんが断ってしまったので、その件はそれっきりになったと、奥さんが残念そうに言った。

「せめて……当時の状況をうかがってもいいですか？」

「ええ、勿論……聞いてくださるなら」

どこかほっとしたように奥さんは頷き、話し出した。

それは天気の良い日で、彼女は子供達とキラを連れて、大型スーパーへ向かった。

「キラのお散歩デビューを翌月に控え、まずは家の中でリードの練習をしようと思って。あそこのスーパーのペットショップは、ペットも一緒に入れるんです」

可愛い首輪とリード、お菓子なんかを買って車に戻ると、上の娘さんが近くの公園に行きたいと言い出した。

　確かに良い子でお買い物に同行していたのだから、そのくらい良いと思ったけれど、まだ車の中にキラを一匹で残すのは心配だし、車内の温度が高くなるのも怖い。

　まだ最後の予防接種が済んでいないので、散歩には連れて行けないけれど、下の子と一緒にベビーカーで移動するくらいならいいだろう……そう思って、奥さんは二人の子供と小さなキラを連れて、ここ発寒西公園に来たそうだ。

「そしてベンチでお菓子を食べていたら、娘が下の子の上にジュースをこぼしてしまって。荷物もあったし、キラもつれていたし、他にも子供連れのお母さん達もいたから、ちょっとだけ待っていてねと、上の子と一緒に残していったんです」

　パックのリンゴジュースは、持ち方を間違えると噴水になる。

　小さな手がうっかり噴き出させてしまったジュースは、横で母に抱かれていた弟に直撃してしまった。

「でも水のみ場が見つからなくて……結局そこのトイレの水道を使いに行きました」

　トイレはそう離れた所ではないけれど、遊具のあるエリアにちょうど背を向けるように建っていた。

「そうして、戻ってきたらキラはいなくて、娘が泣いていて、他のお母さんが慰めていてくださっていて。そこでキラが連れ去られたことを聞いたんです。無理矢理むしり取ろうとしていたのに気が付いて、慌てて声をかけてくれたんですって」

声を掛けられて、犯人は慌てて仔犬を抱えて逃げていったそうだ。

「その人は犯人の顔を見たんですか？」

「ええ。彼女も若い女性だったって言ってた。でも私、すっかり動揺してしまっていて、その人に連絡先を聞いたりしなかったし、どこの誰だかはわからないの。もう二年前のことだし」

警察が捜査をしてくれたわけでもない。普段から頻繁《ひんぱん》に利用している公園でもない。その時一度話しただけというその人に、もう一度話を聞くのは簡単ではなさそうだ。

「犬で良かったですね」

不意に宵深が言った。

「え？」

「その女性が止めてくれなかったら、犬ではなく子供が浚われていたかもしれない」

宵深に言われ、さあっと奥さんの顔面から血の気が引くのが見えた。

「……そうね、確かにそうね」

「犯人は犬に執着せずに仔犬を捨てています。こんな目立つ場所、人前で捕まる危険を顧《かえり》みずに盗んでおいて——本当の狙いは仔犬じゃなかったのかも」

「じゃあ……そもそも狙われていたのはキラじゃなく、娘の方だったかも……って、貴方はそういうの？」

ひっそりと青ざめた顔で言う加賀見夫人に、宵深はこっくり頷いた。

「リスクを承知で行う犯罪には、それを越えるメリットか……もしくは衝動が必要です。憎悪、愛、抑えきれない衝動が――」

「勝手な憶測で、妻を不安にさせるのはやめてください」

その時、遮るような声が響いた。

「あ……」

奥さんがぎゅっと泣きそうに顔を歪める。

視線の先には、子供達を連れた加賀見さんの旦那さんが立っていた。

「急に買い物って……なんだか変だと思ったんですよ。こんな公園まで来て……だからもう終わったことを、これ以上ほじくり返さないでください！」

「終わってるかどうか、わからないでしょ⁉　どうして断言できるの⁉」

旦那さんが声を荒らげた。それに負けないよう、奥さんも語気を強める。

「終わっているよ……現にキラが居なくなってからは、何もなかったじゃないか」

「そうだけど……」

「もう二年経っているんだから、今はもう大丈夫だ。こんなくだらない心配は必要ない。子供達だって不安になるだろう⁉」

「…………」

けれど奥さんは、どうにも納得がいかない表情で、ぎゅっと口を噤んだ。

「亜紀《あき》？」

「……子供達のことが心配じゃないの？　たった二年かもしれないでしょ？　まだ狙われていたらどうするの？　やっぱり、もう一度警察に相談を――」

「そんな昔のことを今更蒸《む》し返されたって警察が困るよ。僕達で気をつけたら良いだけだ！」

「だけど――」

「もう一匹仔犬を迎え入れたのはいつですか？」

その時、緊迫したやりとりをする夫婦を遮るように、宵深が問うた。

「え……？」

加賀見夫婦が一瞬怪訝そうな顔を見合わせる。宵深は気にせず質問を重ねた。

「サンです。飼おうと言ったのはご主人からですか？」

「ええ……キラが浚われてすぐに。夫が新しい子を連れてきたの……」

奥さんが眉を顰《ひそ》めながら答えたので、宵深は俺を押しのけるようにして、奥さんの方に体を寄せる。

「迷いませんでしたか？　仔犬がすぐ戻って来たら？　と。そもそもすぐに諦められなかったのでは？」

「そ、そうね。でも、子供達が可哀想だって主人が――」

それを聴いて、宵深は薄く微笑んだ。

「ご主人がキャンプに興味を持たれたのはいつ頃ですか？」

「それは……下の子の妊娠中です。よく覚えています」

奥さんの表情が、急にむっとしたようにへの字に歪む。

「私、切迫流産で二ヶ月くらい入院して、上の子は実家に預けていたので、主人はその間に会社の人と数回キャンプに行ったんです。ちょっとむっとはなりましたけど、結果的にこれから子供達のためになるなって……」

とはいえ、不本意だったのは確かだろう。奥さんの口はへの字のままだ。そんな奥さんを宵深はなんだか面白がるように見ていた。

まるで茜音みたいな横顔に、俺は急に不安になった。目の前に立つ旦那さんの表情も、なんだか妙に引きつっている。

「でもまぁ……子供を連れて行く前に練習してくれた方が安心なのは確かでしたし……でもそのことと、キラのことと、なんの関係があるの？」

「関係は――」

「ぱ、パラコードですよ！」

宵深が答えようとした。俺は慌ててそれを遮った。

「キャンプブームはいつぐらいからなのかなと……やっぱり使っている人はそれなりにいそうだと思って。だけどご主人の言うとおり、もう二年経っています。お子さんが狙われていたとしたら、既に他にも何かされているんじゃないでしょうか？　もしくは人違いだったのかも」

「え……？」

奥さんの眉間に皺が寄った。何を言っているんだ？　という表情だった。俺もなんだか支離滅裂《しりめつれつ》になっているとわかっている。でももう、勢いで押し切るしかない。

「もしくはどんな人にも、一瞬の『魔が差す』ことはあると思うんです。犯人はそういう人だったのかもしれません。警戒しながら、それでも答えは急がずに、まずはご家族でよく話し合われてはいかがでしょうか？」

畳《たた》み掛けるように言った。押し切った。

奥さんは納得しきれない表情ではあったけれど、結局「そうかも……」と頷いた。隣の宵深は、遮られたことを不満そうに、上目遣いに俺を睨んでいる。

ただ、そんな中でも俺は見逃さなかった――旦那さんが、一人ふっと、小さな安堵の息を漏らしたことを。

気が付けば陽が傾き始めていた。

旦那さんは車で来ていたそうだ。

「駅まで送りますよ。それにせっかくお土産も戴いたのに、手ぶらでお帰り戴くのが申しわけなかったんです」

旦那さんはなんだか妙に急に愛想良く言った後、一度お菓子屋に寄り、俺達を発寒駅まで送ってくれた。

駅まではすぐだし、わざわざお菓子まで必要ないと遠慮したものの、彼は申しわけないの一点張りで、固辞するのもと思い、受け取ったのだが……。

「昴」

帰りの電車の中で、宵深がお菓子の入った紙袋から、一枚のカードを取り出した。

いや、それはカードではなく一枚の名刺で、『加賀見芳裕《よしひろ》』と書かれている。

そしてフリーｍａｉｌ《メール》アドレスと『後でご連絡ください』という殴《なぐ》り書きの文字――

なんとなくそんな気がしてたんだ。

帰り道はものすごい疲労感が襲いかかってきた。なんだか嫌な気分だ。

せっかくスバルを撫でて、幸せな気分を味わったたっていうのに。

溜息をつくと、パーカーの袖についていた、一本の長い茶色と白の毛が揺れた。

「犬……飼いたいな」

思わず呟くと、宵深は心配そうな、神妙な顔をして、俺の頭を撫でてくれたのだった。

10

もういっそ、これ以上は関わるのを止めてしまおうかとも思ったけれど、このままではただ引っかき回しただけで終わってしまう。

覚悟を決めて、俺は加賀見芳裕さんにメールを送った。

返信はすぐに来た。月曜の夕方、俺はもう一度彼と会うことになった。

場所は発寒駅近くのコーヒースタンド。先に着いた俺と宵深はフラペチーノにした。本格的な珈琲は苦手だ。

「犯人の狙いは、貴方ですか」

俺達に気が付き、加賀見さんがアイスコーヒーを手に席に着くなり、宵深が問うた。

あまりに単刀直入すぎると思った。こういう時は無難に天気の話とかから始めるんじゃないのか。

だけどその先制攻撃が功を奏したのか、加賀見さんはすぐに、叱られた仔犬のようにしゅんと肩を落とし、俯き、頷いた。

「そういうことに、なると思います……」

「貴方はキラが戻ってこないだろうということも、狙われたのがお子さんだったことも知っていた」

「…………」

「一緒にキャンプに行った同僚は女性ですか？」

宵深に重ねて問われ、彼はまた、力なく頷いた。

「……仰《おっしゃ》るとおりです」

「じゃあもしかして……犯人を知っているんですか？」

そう口にした声が、自分で考えていた以上に嫌悪に溢れていた。だけど……そんな、酷いじゃないか。

「おそらく犯人は有元静枝《ありもとしずえ》……私の元同僚です」

「そんな、静かに暮らしたいって言ってたのは、貴方じゃないか！」

「昴」

思わず声を荒らげてしまった俺を、宵深が制した。

「…………」

「ご自身を正当化したければどうぞ？　疵痕《きずあと》を舐めるのは私達の仕事じゃありませんが」

言われるまま俺は言葉を飲み込んだ。代わりに加賀見さんに向き合う宵深の声はいつも通りの静かではあったけれど、その言葉は冷ややかで、辛辣《しんらつ》だ。

「……自分が悪くないとは、思っていませんよ」

加賀見さんが弱々しく苦笑いする。

からん、とアイスコーヒーの氷が音を立てた。店内は、おあつらえ向きのように静かだった。

「下の子が生まれる前です。上の子の時とは違いお腹が張ってよくないと、妻の亜紀は二ヶ月ほど入院したんです。そのままにすると、早産をしてしまう可能性があるとかで」

　季節は初夏。ちょうどレジャーシーズン。

　長女の小春ちゃんも、奥さんの実家でお世話をしてくれているという話を聞きつけた同僚の一人が、加賀見さんをキャンプに誘った。

　最近社内でキャンプ部なるものを作ったところだったらしい。

「上の子ももうすぐ小学生でしょ。ホテル代とか急に高くなるし。道内は安くていいキャンプ場も多いから、キャンプって選択肢があると家族で旅行に行きやすいよ」

　その助言はなるほどと思って奥さんに相談した所、彼女は多少渋りつつも『まぁ、いいんじゃない？』と言ってくれたそうだ。

　有元さんは、そのキャンプ部のメンバーだった。

「彼女は一人でも行くくらいキャンプに慣れていて、色々と教えてくれました」

　馬が合うというのだろうか。有元さんとはなんだか話が合って、すぐに親しくなったそうだ。

「妻も子供もいないのは、寂しいと同時になんだか独身時代のような身軽さを感じて、浮かれてしまっていたんだと思います。でも一線を越えるようなことはありません。他の同僚も一緒でしたし、あくまで彼女は友人の一人に過ぎなかったんです――ただ」

「ただ？」

「……本当にやましい感情がゼロだったかと聞かれたら、きっと答えはＮＯです。そういうことを夢想していたというか……あくまで想像の上で、彼女を女性と意識する瞬間はありました。ですが本当に特別どうこうなりたいわけではなかったんです」

加賀見さんが言葉を選ぶようにして言った。宵深は少しだけ眉に皺を寄せたけれど、言いたいことはわかる。それだけ魅力《みりよく》的な人だったということも。

「ただ、誓《ちか》って言えます。彼女とは実際に何もありませんでした。大切な物がなんなのか、ちゃんとわかっています。だから彼女からの誘いはすべて断りました。食事の誘いですら、二人きりでは絶対に行かないようにしていたんです」

そもそも、こちらが既婚者だと知りながら、熱心に声を掛けてくる女性は怖い。最初の頃こそ自分もまだまだ捨てた物ではないな、なんて思っていたけれど、今では自分を地獄《じごく》に引きずり込もうとしているようにしか思えなかった。

「……ですがそれが逆に、彼女の執着《しゆうちやく》心に火を付けたようでした。私が靡《なび》かないと知るや、彼女からの誘いや連絡は、日増しに強く、激しくなったんです」

その頃には子供も生まれ、また知り合いから仔犬を譲り受けたりと、家の方は大騒ぎになっていた。

大変だけれど幸せだった加賀見さんにとって、有元さんは不安の種でしかない。

「やがて彼女はしきりに私に『瞞《だま》された』『唆《そそのか》された』と言うようになりました。思わせぶりだったくせに、と。それを真っ向から否定できない自分を情けなく思いながら、それでもきっぱりと彼女に、家族を裏切るつもりはないことを伝えたんです」

そもそも付き合っていたわけでも、男女の関係であったわけでもないのだ。

幸い彼女とは働く部署が違う。彼女と顔を合わせないため、キャンプ部からも抜けることにした。

それでもバレなければ大丈夫だとか、息抜きも大事だとか……そんな風に彼女は都合のいい言葉で誘ってくる。

「今以上の関係は求めないから、このまま友達として……とも言われたけれど、お互いのためにならないからと断りました。その頃からです。彼女はやたらと私の家族の方に興味を持ちだしたんです」

それは本当に恐ろしいことで、加賀見さんの奥さんがどんな人か、自分が負けた相手が誰なのか知りたいだとか、子供に会いたいと言い出した彼女から、確かに異常な空気を感じた。

「やがて私の家族になりかわりたいだとか、自分は子供の良い母親になれると言いはじめて……とはいえ、さすがに口だけだと思っていた矢先に、キラが盗まれて……彼女が本気で危険な人なのだとわかったんです」

「それは……もう警察に頼った方が良かったんじゃないですか？」

さすがにそこまで常軌《じょうき》を逸《いっ》した行動には、法律の力を借りるべきだったんじゃないだろうか？

思わず言わずにはいられなかった俺に、彼は首を振った。

「警察に頼って、家族に知られるのが怖かったんです。何もないということを、妻が信じてくれるかもわからないですから」

出産してまだ日が浅い妻に、余計な心労をかけたくなかった……という彼の言い分も、確かにわからなくはないが……。

「ですから、悩んだ末に私は恥を忍んで上司を頼りました。ほとぼりが冷めるまで、市外に異動させてもらえないかと思ったんです。でもそこで彼女は以前にも同じようなトラブルをおこして異動させられてきたのだと聞かされました。だからまた彼女に異動して貰う方がいいだろうと」

彼女はそうやって、過去にも他人の幸せを壊し続けてきた人だったのだ。

「実際彼女が異動してから、二ヶ月ほどで連絡は途絶えました。おそらく他の相手を見つけたんだろうと思います」

「じゃあ、有元さんからはそれっきり、ですか？」

「はい。連絡先を変えたということもありますが……」

ほっとして、俺は宵深を見た。彼女は考えごとをしているのか、興味が無くなったのかわからない表情で、抹茶のフラペチーノを飲んでいる。

「妻に話すことは何度も考えました。けれど彼女が信じてくれなかったら？　それに信じてくれたとしても、妻は傷つくような気がして……」

「それは……確かに」

少なくとも、それで彼女からのつきまといがなくなったのであれば、警察を頼ることに慎重になるのも仕方がないのか……。

「キラのことは残念でしたが、その代わり家族に尽くすことで、罪滅《つみほろ》ぼしをしようと思いました。あの子は彼女が育てているか——なんというか、もう殺されているように思って」

あの人なら仔犬の命を奪っても驚かない……そんな考えから新しい仔犬を迎え、加賀見さんは新しい『家族』を守ることで、ひっそりと自分の罪を償《つぐな》ってきたという。

彼の言葉をどこまで信じて良いかはわからなかったが、彼が家族を守りたいと考えているのは本当だろうと思った。

「ですから、今後のことは心配いらないんです。キラも無事帰ってきました。どうかご理解ください」

そっとしておいて欲しい、彼はそう言って俺達に頭を下げた。

その時だった。

加賀見さんへの一件の着信——それは加賀見さんの奥さんからで、俺達に告白を終えた開放感か、穏やかな表情で電話を取った。

「——え？」

けれどその表情が、みるみる曇る。

「あの……どうか……」

彼が電話を切る頃には、その顔は真っ青で、俺は嫌な予感と共に問うた。

「すみません。小春が……娘が、今日は友達と遊ぶ約束をしていたはずなのに、そちらには向かわず、まだ家にも帰ってきていないと」

門限は五時だという。いつも遅くても五時半には必ず家に帰っているというが、今はもう六時を過ぎていた。

心配になって奥さんが友達のお宅に電話をすると、今日は来ていないと言われてしまったそうだ。

「しかも……その友達の話では、『変な女の人が、話しかけてきていた』と」

「え……？」

「そしてその女性は、自分をスバルのママと名乗っていたそうです」

「そんな……」

スバルのママ――と、自分を呼ぶ人は一人しか思い浮かばなかった。

スバルを飼っていた女性。キラをスバルと呼ぶ女性は、一人しかいないじゃないか。

「梨本さんと、直接お会いしたことは？」

宵深が言った。

「え？」

「顔を見たことはありますか？」

「あ……いえ……それが、私は。彼女が訪ねてきたという話も、私は仕事で不在で。それに今回のことで昔のことをほじくり返されるのが嫌で。だから私は、とにかく事を荒立てないようにと思って……」

キラを保護していた人を問い詰めるようなことをしなかったのもその為だ、警察の善意の再捜査を断ったのも。だけど……。

「アリモトと、ナシモト……」

ぽつりと宵深が呟いた。

「あ……じゃあ、まさか」

背筋が、ざわっと寒くなった。不安が確信に変わり、軽い目眩《めまい》を覚えた。そんな、じゃあ……。

「とにかく一度家に帰ります！」

あれも、全部嘘だったって、そういうことなのか？

加賀見さんが席を立ち、急いで店を出て行くのを呆然と見送りながら、俺は梨本さんの笑顔や、涙を思った。

11

急いで帰宅した家に小春ちゃんの姿はなく、夫妻は娘を探すのに必死になっているようだった。

このまま帰るのは嫌で、俺達も何か協力したいと思った。俺がもっと早く、梨本さんの本性に気が付いていたら、こんなことにならなかったかもしれないのだから。

とはいえ、この辺りの土地勘は0だ。

「……あの公園は？」

宵深が少し考えるように首を傾げた後言った。

確かに、キラが淩われたのは、ここからすぐの公園だ。この辺で俺達が知っている、加賀見家に纏《まつ》わる場所はそのくらいしかない。


とはいえ、駄目元で駆けつけたものの、そこに小春ちゃんの姿は無かった。

「いない……さすがにそう上手くはいかないか」

例のベンチには、リア充っぽい他校の男子と女子が、いちゃいちゃスマホで動画か何かを見ていた。家でやれ。いや学校でやれ。そして怒られろ。

別のベンチでは、二人組の女子が楽しそうに笑い転げている。

日が暮れはじめた公園は平和だ。

小学校が近いせいか、母親と一緒に歩く子供や、練習を終えたばかりの野球少年達が、笑いながら通り過ぎていき、小型犬を連れた女性が、愛犬を笑顔で見守りながら歩いている。

どうしてか、不思議とみんな笑っている。

幸せそうだ。

「……公園って、こんなに優しい場所だったんだな」

思わず呟くと、宵深が短く息を吐いた。

「知らなかったの？」

それは呆《あき》れだったのか、笑ったのか、怒ったのかわからない吐息で、俺は思わず足を止めて宵深を見た。

「俺には……『公園』は、君達を傷つけた場所だったから」

それは罪と後悔の場所だ。

「ここじゃない」

「わかってる。でも、どこでも同じだった」

公園を変えても、その二文字が俺を責めるような気がして、ずっと無意識に避けがちだった。

ずっと。

思い出から逃げるために。

何もかも忘れるために。

「覚えてない」

その時、ふわりとラベンダーの香りがして、俺の心の疵痕が酷く疼《うず》いた。

花壇にはラベンダーが、今も強く香っていた。

ラベンダーの茂みは、もう枯れているのに。

花を刈《か》り取られてもなお、存在そのものは消せないというように。

罪はいつまでも残るのだと言うように。

「私も、よく覚えてないの。あの時のことは」

「宵深……？」

そう言った宵深の目は怒っているように見えた。俺になのか、自分になのか。

宵深の白い指が俺の首に伸びた。

爪《つめ》が、俺の首に突き立てられるような、そんな恐怖が一瞬脳裏をかすめたけれど、でも宵深の指は首ではなく俺の胸元を撫でた。

正確には、胸ポケットを。

「連絡先を、交換してた」

「え？」

「あの時、駅で、梨本さんと」

「あ……」

そうだった、今は小春ちゃんと、梨本さんを追っているんだ、俺達は。

宵深に指摘され、我に返ったように俺は胸ポケットからスマホを取り出した。

梨本さんの番号はすぐに見つかった。

交換した番号を見下ろして、俺はすぐにタップできなかった。

「信じてたんだ。彼女は、悪い人じゃないって」

「…………」

そんな感傷に固まってしまった俺の代わりに、宵深が発信ボタンを押す。

幸か不幸か、着信拒否も、電源を切られてもいない。

出てほしい、出ないでほしい、二つの気持ちが揺れる中、俺達は呼び出し音を聞いた。

彼女はなかなか出なかった。

呼び出し音だけが――。

「昴」

いや、違う。

俺達は耳を澄ませた。

遠く、着信音が聞こえる。

微かに、俺達の呼び出し音と重なるように。

一度電話を切り、数秒待って、もう一度かけ直す。

着信音も同じように途切れ、再び鳴り出した。

宵深も俺も気が付けばその音の方に駆けだしていた。

公園には駐車場はない。けれどその隣はスーパーで、公園と隣接するように何台もの車が駐まっている。

着信音はそっちの方から聞こえる。

そしてすぐに気が付いた。一台の車の横に、梨本さんが立っていた。

スマホを覗き込みながら。

「……昴君？」

でも彼女は顔を上げ――彼女もすぐに、俺達に気が付いた。

「ダリアのお姉ちゃんだ！」

その時、嬉しそうな小春ちゃんの声がした。

梨本さんの斜め後ろから、小春ちゃんが俺達を見つけて駆け寄ろうとした。

「駄目よ！」

その腕を、乱暴に一人の女性が掴む。

「貴方は行かせないの！　私と一緒に居るのよ！」

そう言って、強引に小春ちゃんを引き寄せようとしたのは、突然店影から飛び出してきた梨本さんとは別の女性で――その瞬間、周辺に駐《と》められていた数台の車から出てきた数人の男性が、女性を取り押さえた。

何が起きたかわからずに呆然とした俺達の耳に、『警察だ！』という怒ったような声が聞こえる。

梨本さんはほっとしたように自分の胸元を押さえ、俺達に微笑んだ。

12

「で、結局どういうことだったんですか？」

それから数日して、俺達はあの懐かしいソフトクリーム店近くの公園にいた。

あのベンチだ。スバルと初めて会った場所。

あの時と同じモカとバニラのハーフソフトを食べながら、俺と宵深は、ブルーベリーソースをトッピングしたカップソフトを食べる梨本さんに問うた。

「ああ、うん。話せば長くなるんだけど……」

「手短に」

宵深が素っ気なく言った。

梨本さんがちょっと困ったように眉を寄せたので、俺は慌てて「長くても大丈夫です」と訂正した。

「それでね……ほら、SNSで散々燃え盛った時ね、加賀見さんに復讐《ふくしゅう》をしないかって、持ちかけてきた人が居たの」

梨本さんと加賀見さんのSNSでの炎上は、俺達が思っていた以上に、大きく燃え上がっていたようだ。

梨本さんの元彼が、加賀見さんの奥さんに、梨本さんの悪口を送っていたりもしたらしい。

気が滅入《めい》るようなDMが次々に来たので、結局梨本さんはアカウントに鍵をかけることにしたのだが、その直前に、『彼女』は梨本さんにメールを送ってきていたのだった。

「最初はスルーして相手にしなかったけど、二人と話してからなんだか気になって……ほら、怨恨がって言ってたから。だから話だけ聞いてみようって思ったの」

『彼女』は加賀見さんの友人だと言った。

その証拠に……と、自分と加賀見さんの夫が、肩を寄せ合うようにしてお酒を飲んでいる写真を送ってきたという。

「でもまぁ……どうとでもとれる写真ではあったの。焚《た》き火台を囲んだキャンプ中の一枚って感じでね、ただの友達とも見れるし……そもそも私、加賀見さんの奥さんとお子さんの顔しか知らないし」

そうして『彼女』はずっと昔、加賀見さんに瞞《だま》されたのだと言っていた。ご主人に、弄《もてあそ》ばれたのだと。

しかもそれが社内で明るみになると、彼はなんのお咎《とが》めもなしに、自分だけ異動になり、今は仙台《せんだい》で暮らしているそうだ。

「最初からなんだか違和感はあったの。一方的っていうか……それでね、話を聞けば聞くほど、なんだか変だなって思って」

一度は諦めたはずだった。

身を引くのも愛と思った時もあったから。

他の誰かで痛みを埋めている間は、なんとか我慢《がまん》できたから。

あの人ではないけれど。

だけどネットで再び彼が『あの犬』を飼い始めたと知ったら、再び情念の火が点《つ》いた。

憎悪にも。許せない、許せない、許せない――


「そんなちょっと猟奇的でポエトリーな長文メールが何通も届いたの。とにかく彼が幸せになるのは許せないんだって。本当に異様な執着って感じで。かまをかけたら、案の定、彼女がスバルの誘拐《ゆうかい》犯でね、でも本当は、彼がもっと大切にしている娘さんを浚《さら》いたいって言い出したの」

害は加えない。友達になって、母親から奪うんだと言ったらしい。自分の方が母親には向いているのだと。

「でもそんなの無理に決まってるし……だけどこの人、きっとほっといたら一人でもやるだろうなって思って」

「じゃあ……それで、ですか？」

思わず話に聞き入って、こぼれそうになったソフトを慌てて食べながら、俺は少し身を乗り出した。

「うん。やりとりしたメールだけだと、ただ軽い罪で終わっちゃうから。お巡りさん達も前回ちゃんと取り扱わなかったことを反省してるって言うし、あんまりいい方法じゃないって言われたけれど、囮《おとり》捜査……的な？」

本当はもっと慎重にしたかったと梨本さんは言った。

けれどその日の午後、突然有元さん『今、札幌に来ている』と連絡をよこした。

何をするのかわからない彼女に慌てて、梨本さんはこう切り出したのだ――『二人で娘さんを誘拐しよう』と。

万が一、有元さんの顔を覚えているかもしれないから、車に乗せたりするのは自分がやるわと梨本さんは言った。

それなら、いざとなれば逃げられたと言って、小春ちゃんを逃がすこともできる。でもできることなら、彼女が再び同じことをしないように、罪状は重い方がいい。

「実際ちゃんと覚えてたの。スバルを盗んだ人のこと。小春ちゃん、最初私を警戒して、知らない大人にはついて行かないって、お利口《りこう》さんだったわ。ご両親がしっかり教えてるんだと思った」

それでも彼女は小春ちゃんに有元さんの写真を見せた。

『この人、覚えている？　スバルを盗んだ人。貴方のお父さんと同じ会社の人で、お父さんをストーカーしていたの。そして今、また貴方達につきまといをしようとしているから、協力して警察に捕まえて貰おう。今度こそ私達でキラを守ろう』

「小春ちゃん、もう二度とキラと離れたくないからって言っていたわ」

だが予《あらかじ》め警察に連絡し、公園の隣の駐車場で有元さんと待ち合わせることにしたものの、有元さんは警戒心が高く、なかなか現れない。

どうしたものかと思いあぐねていた、ちょうどその時にやってきたのが、俺達だったというわけだ。

「まさか、『スバル』が助けに来てくれるとは思わなかった」

ふふふ、と梨本さんが笑う。

「むしろ相談してくれたら、協力しましたよ、すごい焦ったんですから」

「だって急だったし……まだ私とスバルを気にしてくれてるなんて思わなかったから」

申しわけなさそうに梨本さんは言うと「でも、だからお詫《わ》びにソフト奢《おご》ったでしょ？」と言った。

「でも……梨本さんこそ、これで良かったんですか？」

結局それでもスバルは、梨本さんの元には帰ってこないのだから。

「まあね……だけど私、スバルを危険に晒《さら》した人も、そしてスバルから家族を奪う人も、許せないって思ったの。私、ちゃんとわかってたんだ。スバルが家に帰って幸せになってるってことは。ちゃんと見に行ったし……見に行って、安心した。寂しかったけど、悔しかったけど」

お陰で警察に怒られたけど、と梨本さんは悪戯《いたずら》っぽく肩をすくめた。

そうか――あの日、彼女が加賀見家に向かったのは、嫌がらせとかではなく、やっぱり決別のためだったのか。

「二年間私はスバルに幸せいっぱいもらったから、今度はあの子を幸せにしてあげなきゃ――まぁ、旦那さんがあんな怪物と浮気してる家は、ちょっと不安ではあるけれど」

「未遂《みすい》です」

ふっと引きつった顔で笑った梨本さんに、宵深が素早く言った。

「そうです。勝手に、一方的に彼女が旦那さんを追いかけていただけです」

「ほんと？」

「はい」

梨本さんが、はー、と安堵《あんど》の息を吐いた。胸の中がからっぽになりそうな程盛大な。

まあ多分……だけど、でも梨本さんを信じて間違いじゃなかった。だからきっと、俺の『いい人』センサーはちゃんと正確に作動しているはずだ。

「良かった……ああ、じゃあ良かった。スバルは――キラは、これでもう本当に幸せだ」

そう言って笑った梨本さんの両目から、大粒の涙が溢れた。

『実母継母詮議』で、子供をひっぱりあった親達は、痛いと子供が泣くのを不憫《ふびん》に思って、片方が手を離した。

愛ゆえに離せない、強い想いだってあるだろう。

それでも彼女は自分から手を離した。

それはきっと、大きくて優しい愛だ。

13

有元さんは別件でも接見禁止令を出されていたり、人間関係でさまざまなトラブルを起こしていたらしい。

今回は未成年者略取《りゃくしゅ》の罪に問われるそうだが、おそらく執行猶予《しっこうゆうよ》は付かず、実刑の判決が降りるんじゃないか？　と、あの優しいお巡りさんが言っていた。

残念ながら有元さんの存在は、加賀見夫人も知るところになってしまったけれど、幸い喧嘩にはならなかったそうだ。

信じてもらえたんだな、とほっとした。

教えてくれたのはまさかの梨本さんで、彼女は小春ちゃんを守ったことで加賀見夫人の怒りもとけて、時々加賀見家に遊びに行けるようになったらしい。

加賀見家の知らない、幼いスバルの二年間の記録も、小春ちゃん達を喜ばせたようだ。

「それでね、今度ご家族で旅行に行くらしいんだけど、キラとサンちゃんを、私が二晩預かることになったの！」

と、梨本さんも嬉しそうに言っていた。

それでも寂しいから、今はキラとサンの兄弟を迎え入れる準備をしているらしい。

これはまったくきれいな大団円だ。

強いていうなら、俺が犬を飼い損ねたことくらいだ。

俺も梨本さんみたいに、スバルの兄弟を飼えないか？　なんて思ったけれど、でも冷静に考えて、もし何かあって、犬と別れるようなことになったら、耐《た》えられる気がしないと思った。

そもそも犬の寿命は十年ちょっとしかない。

もう別れは嫌だ。

これ以上大切な人と離れるのは嫌だ。誰かを失うのは。

転校して二ヶ月が過ぎ、犬はいないけれど友人はできた。

宮川と、なんだかんだのエリ、小川と、最近は近くの席の男子ともよく話をするようになった。

でも一番は宵深だ。

宵深はいつでも俺のそばにいて——ただずっと、そばにいてくれる。

まるでなくしてしまった時間を取り戻すように。

あの頃と違い、空を明るく染める夕焼けのような茜音はいないけれど。

でも窓を開けると、茜音が好きだったラベンダーの香りがして、窓の向こうにはいつも宵深がいる。

その日も俺は学校から帰宅し、制服も着替えずにそのままスマホで小川と通話しながら、一緒に遊んでいるソシャゲのイベントに精を出していた。

なんとなくベッドより勉強机辺りの方が回線が安定する気がして、だらしなく椅子にふんぞり返りながら、ポチポチとスマホに夢中になっていて、そしてふと気が付いた。

この体勢、この角度だと、隣に住む宵深の部屋の姿見が見える。

全部じゃない、半分くらいだけれど、健全な青少年である俺は、ついそちらに視線を奪われてしまった。

なぜなら、なぜなら宵深が――ちょうど制服を着替えていたからだった。

……いや、駄目だろう。そんなことは。

だって宵深だ。この世で一番大事にしたい宵深を、そんな風に許可なく見てはいけない。

絶対に駄目だ。駄目なんだ……と、俺はついスマホもそっちのけで、心の持てる力をすべて出し切る勢いで、視線をはずそうとした。

その時だった。

姿見に宵深の白い背中が映った。

なめらかな曲線は、まるで百合《ゆり》の花のように綺麗だったのに、それを引き裂くように、その背中にはくっきりと大きな疵痕《きずあと》が残っていた。

——目眩がした。


『昴？　どうした？　回線落ちしてる？』

小川の声がして、我に返った。

「……なあ、子供の頃、公園で怪我をしたのは茜音、だったよな？　その後、宵深も何か大きな怪我をしたりした……？」

『え？』

不思議そうに返事をした後、小川が少し黙った。

『いや……僕が聞いたのは……昔公園で大けがをしたのは、確か宵深の方だよ。詳しくは知らないけど、昴も一緒にいたって。それで……だから宮川も僕も、昴は宵深の側に居るんだと思ってた——罪悪感で』


いや、そんなはずない。

違う。

あの日、俺は確かに宵深の手を引いて傘を取りに行ったんだ。

あの温かい宵深の手を引いて。
茜音を一人残して。
『昴？』
呆然として、思わずスマホを落とした。
慌ててしゃがんで拾い上げて――再び窓を見ると、着替え終わった宵深と目が合った。
ラベンダーの香りの中で、宵深が微笑んだ。

◎本作は書き下ろしです。
◎本作はフィクションです。実在の人物、団体、企業、学校等とは一切関係ありません。

太田紫織（おおた・しおり）
1978年、北海道札幌市生まれ。2012年、「櫻子さんの足下には死体が埋まっている」でE★エブリスタ電子書籍大賞ミステリー部門（角川書店）優秀賞を受賞し、デビュー。同作はシリーズ累計180万部を突破。さらに2015年にはアニメ化、2017年にはドラマ化された。著書に『涙雨の季節に蒐集家は、』シリーズ、『魔女のいる珈琲店と4分33秒のタイムトラベル』シリーズ、『後宮の毒華』シリーズなど多数。

疵痕とラベンダー
潮文庫　お－3
2023年　11月5日　初版発行

著　　者　太田紫織
発 行 者　南 晋三
発 行 所　株式会社潮出版社
〒102-8110
東京都千代田区一番町6　一番町SQUARE
電　　話　03-3230-0781（編集）
03-3230-0741（営業）
振替口座　00150-5-61090
印刷・製本　精文堂印刷株式会社
デザイン　多田和博

ISBN978-4-267-02405-4 C0193